Stephanie Polák

Wie ich plötzlich reich wurde und dachte, alles wird cool

Das Buch wurde auf FSC-zertifiziertem Papier gedruckt und leistet damit einen aktiven Beitrag zur nachhaltigen Bewirtschaftung der Wälder rund um den Globus.

ISBN 978-3-943086-47-8

1. Auflage August 2017

Coverillustrationen: Corinna Böckmann

www.suedpol-verlag.de

Bibliographische Information der Deutschen Nationalbibliothek
Die Deutsche Nationalbibliothek verzeichnet diese Publikation in der Deutschen Nationalbibliographie; detaillierte bibliographische Daten sind im Internet über http://dnb.ddb.de abrufbar.

STEPHANIE POLÁK

WIE ICH PLÖTZLICH REICH WURDE UND DACHTE, ALLES WIRD COOL

1. KAPITEL

»Das ist ja wohl ein schlechter Scherz!« Fassungslos sehe ich meine Mutter an. Ich möchte ihr meine Zimmertür vor der Nase zuknallen, aber das geht leider nicht. Im Türrahmen steht ein riesiger weißer Schminktisch mit Spiegel und hässlichen Holzverzierungen.

»Aber Schnuppelchen«, sagt sie und versucht mir über den Schminktisch hinweg die Schulter zu streicheln. Schnell weiche ich ein Stück zurück.

»Nenn mich nicht so! Ich bin 14 und nicht vier! Und das hier ...«, ich gebe dem Schminktisch einen Tritt, »hat in meinem Zimmer nichts zu suchen!«

»Theo«, versucht Mom es erneut. »Die Zeiten sind schlecht, da müssen wir alle ein wenig zusammenrücken.«

»Die Zeiten waren schon immer schlecht. Solange ich mich erinnern kann. Das hast du mir auch erzählt, als ich zehn war und Britta bei uns eingezogen ist.« Mit den Fingern male ich Gänsefüßchen in die Luft. »*Nur für ein paar Wochen.*« Fakt ist, dass meine Tante Britta bis heute bei uns wohnt. Auf der Ausziehcouch im Wohnzimmer – und das schon über vier Jahre, seit sie ihren Job verloren hat.

Meine Mutter, die bis eben noch im Flur stand, quetscht sich nun an dem Schminktisch-Monster vorbei in mein Zimmer und lässt sich auf mein Bett fallen. »Du weißt doch, dass es damals nicht leicht war. Dein Vater hatte sich aus dem Staub gemacht und ich musste den ganzen Tag arbeiten. Da war ich froh, dass Britta sich ein wenig um dich kümmern konnte. Und ihr versteht euch doch gut, oder?«

Ich seufze tief. Klar, ich mag meine Tante, aber sie ist kein Ersatz für einen Vater. Und als Junge in einem reinen Weiberhaushalt aufzuwachsen, kann übelst nerven. So wie jetzt, wenn Mutter und Tante auf die total bescheuerte Idee kommen, ein Kosmetikstudio in unserer Wohnung zu eröffnen – genauer gesagt *in meinem Zimmer*!

»Na ja, seit ich nur noch halbtags bei Regina arbeiten kann, muss ich eben sehen, wie ich uns über die Runden kriege. Ich habe schon mit einigen Kundinnen gesprochen. Die wären bereit, auch zu uns nach Hause zu kommen. Augenbrauen zupfen, schminken, Frisuren stecken, Pediküre – das können wir alles hier machen. Britta überlegt sogar, ob sie einen Kurs zur Nageldesignerin macht, das würden wir dann auch noch anbieten. Wär doch toll, oder?«

Mom schaut mich hoffnungsvoll an, aber ich kann diese Begeisterung nicht teilen.

»Und wie soll das dann ablaufen? Wie soll ich hier meine Hausaufgaben machen, wenn du einen Meter neben mir alten Frauen die Hornhaut vom Fuß hobelst?« Alleine bei der Vorstellung krieg ich die Krise.

»Schau mal.« Meine Mutter erhebt sich wieder und schreitet eine imaginäre Linie in meinem Zimmer entlang. Mit den Armen fuchtelt sie in der Luft herum. »Wir trennen hier einen kleinen Bereich ab. Deinen Bücherschrank schieben wir einfach ein bisschen mehr in den Raum rein, dann ist Platz für den Schminktisch und unser ganzes Zubehör. Da kommt noch ein Vorhang hin und schwupp, ist von unserem kleinen Kosmetikstudio nichts mehr zu sehen. Warte, ich zeige dir mal den Stoff, den ich dafür gekauft habe.« Wieder schiebt sie sich an dem Schminktisch vorbei und läuft ins Wohnzimmer. Keine fünf Sekunden später ist sie zurück. Mir fallen beinah die Augen aus dem Kopf, als ich den Fetzen sehe, den sie stolz in die Höhe hält.

»Ich hatte mir das so gedacht.« Sie faltet den Stoff auseinander, greift mit jeder Hand ein Ende und zieht die Arme so hoch und so weit auseinander, wie es nur geht.

Ich schüttele den Kopf. Das sieht Mom natürlich nicht, weil sie hinter diesem Stofffetzen steht, und so plappert sie munter weiter: »Wir machen oben an der Decke eine Leiste dran und dann kann man den Vorhang ganz praktisch beiseite schieben. Den Stoff nähe ich nachher noch um. Ich borge mir Frau Kowalskis Nähmaschine und dann ...« Endlich lässt sie die Arme samt Stoff wieder fallen und sieht mein entsetztes Gesicht. »Theo? Was ist? Gefällt es dir nicht?«

»Mom«, schnaube ich, »der Stoff ist gelb!«

»Ja, den habe ich extra für dich ausgesucht. Britta wollte einen rosafarbenen Stoff kaufen. Wegen dem Ambiente, du weißt schon, aber da habe ich gesagt, das können wir dir nicht antun und so haben wir Gelb genommen. Wenn wir die Wand hier noch Blau streichen und eine Zimmerpalme hinstellen, bekommt die Ecke so richtiges Karibikflair. Ist doch schön, oder?«

»Nein!«, ist alles, was ich über die Lippen bringe.

Meine Mutter sieht mich verständnislos an. »Aber Gelb ist doch deine Lieblingsfarbe.«

»Siehst du hier irgendwo ...«, ich breite die Arme aus und drehe mich einmal um mich selbst, »siehst du hier auch nur einen einzigen Flecken Gelb außer meinem Biobuch?«

Mom schaut sich um und schüttelt niedergeschlagen den Kopf.

»Gelb war vielleicht meine Lieblingsfarbe, als ich fünf war!« Damit schiebe ich mich an ihr und dem monströsen Tisch vorbei und verlasse das Zimmer, das mal meins gewesen ist und jetzt zu einem Beautytempel umgebaut werden soll. Ich will nur noch weg hier. Obwohl Mom mir irgendwas hinterherruft, schnappe ich mir meine Jacke und den Schlüssel und haue ab.

Klar, dass genau jetzt Britta nach Hause kommt. Ein Stockwerk tiefer treffen wir aufeinander.

»Hey, wohin geht's?«, fragt sie fröhlich, aber ich funkele sie nur böse an.

»Weg!« Ich will mich an ihr vorbeidrängeln, doch sie hält mich auf.

»Was für 'ne Laus ist dir denn über die Leber gelaufen?«

»Eine große gelbe und dann noch eine verschnörkelte weiße mit Namen *Schminktisch*«, schleudere ich ihr entgegen. Britta bleibt der Mund offen stehen und ich schiebe mich endlich an ihr vorbei. Erst als ich einen Absatz weiter unten bin, findet sie ihre Stimme wieder und ruft mir hinterher: »Jetzt warte doch mal, Theo! Wir können doch darüber reden. Wir ...«

Ich halte kurz an und schaue noch einmal nach oben. Erst jetzt sehe ich, dass Britta eine große rosa-weiß gestreifte Tüte in der Hand trägt, auf der groß *Kosmetikzubehör Fries* steht. Das gibt mir den Rest. Überflüssiges Tussizeug!

»Vielleicht habt ihr es vergessen, aber ich bin ein Junge und steh auf BMX-Räder und Basketball! Ich will mit Lockenstäben, Nagellack und Hornhauthobeln nichts zu tun haben!« Damit renne ich weiter die Treppen hinunter und lasse Britta einfach stehen.

2. KAPITEL

Die Vogelsiedlung, in der wir wohnen, heißt so, weil die angrenzenden Straßen Vogelnamen haben: Meisenweg, Falkenstraße, Rotkehlchenweg und Amselsteig. Klingt romantischer als es in Wirklichkeit ist. Nebenan ist das Opernviertel, obwohl es hier gar keine Oper gibt. Aber da heißen die Straßen eben Othellogasse, Figaroweg und Aidastraße. Wenn man in einer dieser Straßen wohnt, ist man was Besseres – na ja, zumindest hält man sich dafür. Jedenfalls stehen da keine Wohnblocks, sondern hochmoderne Reihenhäuser und hübsche, alte Villen.

Die Vogel-Wohnblocks sind in einem Karree gebaut worden und sehen alle gleich aus. Die werden einfach M3 oder F2 genannt, also Straßenname plus Hausnummer. Wir wohnen in der M5. In der Mitte dieses Karrees befindet sich ein hässlicher Hof. Hier gibt's zwar einen großen Spielplatz für Kinder, auf dem ich früher auch gespielt habe, aber wenn man aus dem Buddelalter raus ist, wird das Angebot echt mager. Gerade mal ein paar Bänke stehen da rum, das war's. Diese Bänke sind unter den Jugendlichen klar aufgeteilt: Die im Südteil gehören den Coolen, die im Nordteil den Uncoolen, weil da nie die Sonne hinkommt. Ich schlendere wie immer zu den schattigen Bänken und sehe Luca schon von weitem. Während ich auf ihn zusteuere, schiele ich zu den Bänken rüber, die in der Sonne stehen, sehe aber bloß ein paar Jungs aus der 10. Klasse.

»*Ciao*, Theo!«, ruft Luca und winkt fröhlich. Luca ist immer gut gelaunt. Sein Vater Frederico sagt, das kommt vom südländischen Temperament.

Niedergeschlagen lasse ich mich neben ihn auf die Bank fallen.

»He, was ist denn bei dir kaputt?«, fragt er mich besorgt. Luca ist echt klasse. Wir kennen uns seit der Grundschule. Damals kam Luca mit seinen Eltern, zwei älteren und einer jüngeren Schwester von Sizilien nach Deutschland und hat kein Wort Deutsch gesprochen.

Verstanden haben wir uns auch so und sind seitdem beste Freunde.

»Diese Weiber machen mich wahnsinnig!«, klage ich ihm mein Leid von dem Schminktisch, dem gelben Vorhang und dem *Karibikflair*.

»Ab wann darf man eigentlich in eine eigene Wohnung ziehen?«, frage ich ihn zum Schluss, doch Luca schaut mich nur achselzuckend an.

»Mann, sei froh, dass du in deinem Zimmer wenigstens alleine schlafen kannst!«

Klar, ich habe mir den Falschen zum Jammern gesucht. Luca teilt sich ein Zimmer mit seiner Schwester Antonia. Seit Jahren spekuliert er darauf, dass eine der beiden großen Schwestern endlich auszieht und Antonia dann in das Mädelszimmer wechselt, damit er endlich alleine sein kann, aber das scheint nicht so schnell zu passieren. Elena geht noch zur Schule und Maria hat gerade erst ihre Ausbildung begonnen.

»Ich weiß echt nicht, wieso du dich beschwerst. Bei euch ist es doch total cool. Deine Mom und Britta sind nett. Die lassen dich wenigstens in Ruhe.«

Ich gebe auf. Luca und ich werden in diesem Punkt nie einer Meinung sein. Er findet meine Familie cooler, ich seine. Frau Bertani ist eine echte italienische *Mamma*, die den ganzen Tag in der Küche steht, laut Lieder wie *O sole mio* und Schnulzen von Eros Ramazzotti singt und ihre Kinder ordentlich hin- und herscheucht. Ich bin gerne bei den Bertanis, aber vielleicht hat Luca recht, dass dieser Trubel auf Dauer auch schon mal nerven kann.

»Guck mal, da ist Kim!« Luca reißt mich aus meinen Gedanken. Ich sehe in die Richtung, in die er guckt, und seufze. Kim, das hübscheste Mädchen aus unserem Jahrgang, zieht an uns vorbei und winkt kurz. Luca stößt mir seinen Ellenbogen in die Seite und hastig winke ich zurück. Kim ist echt ein Traum. Lange blonde Haare und eine Wahnsinnsfigur. Sie will später mal Model werden oder so. Und ich glaube, das wird sie schaffen. Sie hat's echt drauf.

»Geh doch mal rüber und rede mit ihr. Wenn du sie immer nur anstarrst, passiert gar nichts. Los, *ragazzo*!« Luca liebt es seit Neuestem, den Italiener raushängen zu lassen. Er denkt wohl, das kommt bei den Mädchen besonders gut an. Tut's aber scheinbar nicht, denn sein großer Schwarm Doreen hat ihm noch nie zuwinkt, so wie Kim mir gerade gewinkt hat. Das beflügelt mich und ich schlendere ultralässig vom Schattenbereich des Hofes in die sonnige Hälfte. An der hinteren Bankgruppe haben sich ein paar Leute versammelt. Kim steht bei ein paar Jungs und lacht. Dieses Lachen haut mich immer wieder um.

»He, Kim!«, sage ich und sie dreht sich zu mir um.

»Hey, alles klar?«, fragt sie und spielt dabei mit den Fingern in ihrem Pferdeschwanz. Ihre knallblauen Augen durchbohren mich und ich glaube, meine Ohren werden ein wenig rot. Zumindest fühlen sie sich heiß an.

Leider habe ich mir vorher keinen coolen Spruch zurechtgelegt. Ein echter Fehler, wie ich jetzt merke, also stammele ich: »Ähm, ich wollte dich fragen, ob du … ähm … das in Mathe heute verstanden hast.«

Kim reißt die Augen weit auf und sieht mich ungläubig an. »Mathe? Du weißt, dass ich in Mathe immer eine Fünf habe, oder? Warum sollte ich gerade den komplizierten Quatsch von heute verstanden haben?«

»Ähm, ja, ach so. Ich dachte, also …« Meine Güte, wie soll ich da jetzt wieder rauskommen? Doch dann habe ich eine Idee: »Ich kann's dir erklären, wenn du willst.«

Kim zuckt mit den Schultern. »Okay. Gibst du mir morgen vor der Stunde dein Heft mit den Hausaufgaben?«

Sie klimpert ein paar Mal mit den Wimpern und ich merke, dass das Gespräch nicht so ganz genau in die Richtung läuft, die ich mir erhofft hatte. Mist! Also starte ich den nächsten Angriff: »Ja, klar. Geb ich dir. Aber dafür musst du mir mal ein Eis ausgeben.« Ha, das war gut. Ich bin stolz auf mich!

Kim wirft lachend den Kopf in den Nacken und sagt: »Na klar.« Ob sie das ernst meint oder nicht, kann ich beim besten Willen nicht raushören. Plötzlich verstummt ihr Lachen. Sie schaut über meine Schulter hinweg und zupft an ihrem Pferdeschwanz herum. »Du, ich muss los. Bis morgen vor Mathe dann, ja?« Noch ein Lächeln und weg ist sie.

Ich schaue ihr hinterher und sehe, dass im Durchgang zur Straße Danny lässig an der Mauer lehnt, beide Hände in den Hosentaschen. Danny ist schon in der 10. und wohnt in einem schicken Haus im Figaroweg. Ein *Yuppie*, würde Britta sagen.

Was ich kurz darauf sehe, verschlägt mir die Sprache. Kim läuft auf Danny zu und wirft sich ihm regelrecht an den Hals. Er holt eine Hand aus der Tasche und umarmt sie locker. Und dann küsst er sie so lange und fest auf den Mund, dass mir beinah schlecht wird. Was für ein

Scheißtag. Wie ein geprügelter Hund gehe ich zu Luca zurück, der das Schauspiel ebenso fassungslos betrachtet.

»Was will die denn von so einem *idiota*, eh?«

Genervt von seiner Italo-Tour und überhaupt von allem, lasse ich mich wortlos auf die Bank fallen und beobachte, wie Kim und Danny eng umschlungen von dannen ziehen.

»Da geht sie hin – und mit ihr mein Leben.« Kraftlos stütze ich den Kopf auf die Hände.

Luca setzt sich neben mich. »Danny ist doch ein totaler Depp.«

»Ja. Das wissen *wir*«, seufze ich. »Aber er wohnt in einem schicken Haus im Figaroweg und nicht in dieser beschissenen Siedlung hier. Das reicht schon, um cooler zu sein als ich.«

Luca legt den Kopf schief. »Als käme es darauf an, in welchem Haus man wohnt.«

»Hundert Prozent.« Mit der Fußspitze kicke ich ein kleines Steinchen weg. »Was will so ein Mädchen wie Kim mit einem armen Schlucker wie mir. Die nimmt sich doch lieber so einen Typen, der Kohle hat und ihr tolle Geschenke macht.«

Luca lehnt sich zurück und verschränkt die Arme hinter dem Kopf. »Dann sollte man mit so einem Mädchen auch besser gar nichts zu tun haben.«

»Pft«, mache ich. »Als ob man sich das aussuchen könnte.«

Schweigend sitzen wir nebeneinander.

»Ich wünschte, ich könnte auch im Opernviertel wohnen«, sage ich irgendwann und ernte dafür einen finsteren Blick von Luca.

»Ernsthaft? Und dann wird aus dir auch so ein Schnösel wie Danny?« Verächtlich schüttelt er den Kopf.

»Keine Ahnung, aber das hier«, ich deute auf die Hochhausblöcke, die uns umgeben, »kann doch nicht alles sein. Ich krieg keine Luft hier. Alles ist eng und klein und beklemmend.« Ich denke an das Schminktisch-Monster, das heute Morgen in mein Zimmer eingezogen ist und alles in mir zieht sich zusammen.

Lucas Augenbrauen berühren sich beinah in der Mitte seiner Stirn, so fest hat er sie zusammengezogen. »Alter, was redest du da?«

Ich atme tief durch und starre einfach wieder auf die Steinchen am Boden. Aus den Augenwinkeln sehe ich, wie Luca neben mir immer wieder den Kopf schüttelt.

Irgendwann steht seine Schwester Antonia vor uns.

»Was ist denn mit euch los?«, fragt sie.

»Hey Anti«, grüße ich, schaue aber nicht mal auf. Ich weiß, dass sie es hasst, so genannt zu werden.

»Nenn mich nicht so!« Vermutlich streckt sie mir die Zunge raus, was ich aber nicht sehe, weil ich starr auf die Grashalme vor mir schaue.

»Luca, du sollst nach oben kommen. Mamma braucht Hilfe.«

Da höre ich auch schon ein entferntes »Luuucaaa!« über den Hof donnern. Nun schaue ich doch auf und sehe Frau Bertani am Küchenfester der Wohnung im dritten Stock der F2 wild mit den Armen gestikulieren. Luca neben mir schäumt vor Wut und erhebt sich widerwillig. Er brabbelt ein paar italienische Schimpfwörter und haut mir zum Abschied wortlos auf die Schulter. Zusammen mit seiner Schwester macht er sich auf den Weg nach Hause. Antonia dreht sich noch einmal um und wirft mir einen bitterbösen Blick zu. Warum? Keine Ahnung.

Puh! Diese Frauen rauben mir noch den letzten Nerv.

Eine Weile bleibe ich noch auf meiner Schattenbank

sitzen, dann beschließe ich wieder hochzugehen, um zu sehen, was von meinem Zimmer übrig geblieben ist.

3. KAPITEL

Kaum dass ich meinen Schlüssel im Schloss umdrehe und die Tür öffne, springt mir auch schon Mom entgegen.

»Ach, da bist du ja endlich. Theo, es tut mir leid, komm mit, wir wollen mit dir reden.« Sie zerrt mich am Arm ins Wohnzimmer und ich komme nicht mal dazu, mir die Schuhe auszuziehen.

Britta sitzt auf der Couch, vor ihr auf dem Tisch steht eine Flasche Sekt. Vermutlich feiern die beiden gerade die Eröffnung ihres Kosmetikstudios. Ich könnte brechen, echt.

Mom schiebt mich auf die Couch und setzt sich daneben. Wie die Hühner auf der Stange hocken wir nun nebeneinander.

Ich schaue fragend zwischen den beiden hin und her. Britta lächelt selig und Mom zuppelt an einem Kissenbezug herum.

»Also, erst mal wollten wir uns entschuldigen, weil wir dich nicht gefragt haben. Aber weißt du, es geht nicht anders. Wir können den Tisch nur in dein Zimmer stellen. Sonst ist doch nirgendwo Platz. Aber«, Mom deutet auf den Wäscheständer, der in einer Ecke des Wohnzimmers steht, »wir haben jetzt zumindest den Stoff umgefärbt. Also, ich hatte vorhin blaue Farbe gekauft, aber irgendwie ist es nun etwas grünstichig geworden.« Sie schaut mich vorsichtig an und lächelt tapfer.

Ich kneife die Augen zusammen und sehe den Stoff, der bald als Raumtrenner in meinem Zimmer baumeln soll. Nee, gelb ist der nicht mehr, aber *Grünstich* ist ziemlich untertrieben. Wohl eher popelgrün. Ich schüttele den Kopf, will was sagen, aber meine Mutter legt mir beschwichtigend die Hand aufs Knie.

»Wenn du willst, können wir den noch mal färben. Beim nächsten Mal nimmt der Stoff die Farbe sicher besser an.«

Ich beschließe, dass ich für heute genug habe. Der Tag ist gelaufen. Kim ist mit Danny zusammen und gegen den Plan von Mom und Britta kann ich eh nichts machen. Und es ist auch egal. Vermutlich wird mich hier sowieso niemals ein Mädchen besuchen kommen – und wenn, kann sie in meinem Zimmer gleich noch ihr Make-up auffrischen und bekommt eine Beratung gratis dazu. Ich lächele bitter. Scheißtag – Scheißleben! Damit meine Mutter endlich aufhört, mich so leidend anzusehen, sage ich: »Ja, ok, is' schon gut.«

Sie atmet erleichtert auf und Britta beugt sich nach vorne und schnappt sich die Sektflasche. Triumphierend schaut sie mich an, fummelt an dem Verschluss rum und lässt dann den Korken an die Decke knallen. Eine kleine Delle bleibt zurück.

»Und jetzt wird gefeiert!«, ruft sie laut und meine Mutter springt begeistert auf, um ihr die Gläser hinzuhalten. Nach Feiern ist mir so gar nicht und ich verstehe auch nicht, was das alles soll. Denken die beiden wirklich, dass sie hier *die* Wellnessoase der Stadt eröffnen werden? Ich kann das alles echt nicht glauben, fühle mich aber zu schlapp, um noch irgendwas zu sagen.

Mom drückt mir ein Glas in die Hand. Alkohol darf ich natürlich noch gar nicht trinken und wenn, dann nur ganz wenig zu ganz besonderen Anlässen. Ich mag dieses Blubberwasser auch überhaupt nicht.

Britta räuspert sich feierlich. »Also, ihr Lieben, ich

dachte mir, dass es ja nicht ewig so weitergehen kann.« Sie schaut sich vielsagend in unserem kleinen, vollgestellten Wohnzimmer um. »Daher habe ich beschlossen, etwas dagegen zu unternehmen.«

Mom nickt begeistert. »Hast du dich endlich für die Nageldesign-Schulung angemeldet?« Ihre Augen leuchten und ich glaube, in Gedanken entwirft sie gerade schon ein riesiges Werbeschild mit dem Schriftzug *Kramers Beautyfarm.* Doch Britta schüttelt den Kopf. »Nein, noch nicht. Aber ...«, sie macht eine lange Pause, »ich habe mich beim Fernsehen beworben.«

Mom und ich sehen uns verständnislos an. Britta scheint unsere Verwirrung zu genießen. Sie lächelt und fährt dann fort: »Es gibt doch diese neue Spielshow *Spiel dich reich*, wisst ihr? Die haben wir letztens gesehen. Ja, und genau das habe ich vor. Ich will uns reich spielen!«

Mir klappt der Mund auf. *Spiel dich reich* ist eine ziemlich coole Sendung. Da treten Kandidaten in verschiedenen Spielen gegeneinander an. Das sind Wissensfragen, sportliche Sachen, aber auch so Geschicklichkeitsdinger. In der Mittwochsshow qualifizieren sich zwei von zehn Leuten für die große Live-Show am Samstag, in der es dann um richtig viel Geld geht.

Mom ist die Erste, die ihre Stimme wiederfindet. »Britta, das ist ja toll. Aber meinst du, die nehmen dich da?«

»Die haben mich schon genommen! Da ist ein Kandidat ausgefallen. Irgendwo in Westdeutschland grassiert eine Magen-Darm-Grippe. Tja, und da die Show hier in der Stadt aufgezeichnet wird, haben die Einheimischen die Nase vorn. Außerdem habe ich ein wenig mit dem netten Redakteur am Telefon geflirtet.« Sie zwinkert uns verschwörerisch zu. »Nächsten Montag ist es schon so weit. Da wird die Mittwochsshow aufgezeichnet.«

»Wow!« Mom reißt die Augen weit auf.

»Ja, und du weißt, wer die Show moderiert, oder?« Brittas Augen strahlen und meine Mutter schlägt die Hände vor den Mund. »Oh mein Gott!«, presst sie hervor. »Gunnar Hauch!!!« Die beiden fangen an zu kreischen und ich frage mich, ob sie wirklich Anfang Vierzig sind oder vielleicht doch erst 14. Gunnar Hauch. Ich schüttele verständnislos den Kopf. Die Begeisterung für diesen geleckten blonden Affen kann ich wirklich nicht verstehen.

Während Britta und Mom nun endlich mit dem Sekt anstoßen, steigt meine Stimmung dennoch. Meine Tante kommt ins Fernsehen – da kann Dannys Tante sicher nicht mithalten. Ha, ein Punkt für mich.

»Hey, das ist ziemlich cool!«, sage ich endlich.

»Ja«, Britta haut mir freundschaftlich auf die Schulter. »Und noch viel cooler ist, dass ich zwei Leute ins Studio mitnehmen darf, die dann im Publikum sitzen.«

Wieder ein Kreischen vor Freude. Diesmal kreische ich mit, aber ich darf das, ich *bin* 14.

Als ich mit Luca am nächsten Morgen zur Schule laufe, erzähle ich ihm von der Gameshow und ihm fallen beinah die Augen aus dem Kopf.

»*Fantastico!* Stell dir vor, Britta gewinnt da. Um wie viel Geld geht es denn?«

Ich muss ein wenig lachen. Luca gestikuliert immer wild mit den Armen. Wenn er aufgebracht ist, wird er so hektisch, dass man in Deckung gehen muss, damit man nicht erschlagen wird.

»Die spielen um eine halbe Million Euro«, sage ich. »Aber ich glaube kaum, dass Britta gewinnen wird.«

Luca bleibt stehen und sieht mich vorwurfsvoll an. »Wenn du so an die Sache rangehst, kann das ja nix werden.«

»Ich bin nur realistisch«, entgegne ich und laufe weiter. »Wie auch immer. Cool ist auf jeden Fall, dass ich bei einer Fernsehaufzeichnung dabei sein werde. Und das schon in drei Tagen. Wenn ich Kim damit nicht beeindrucken kann, dann weiß ich auch nicht.«

Luca hat mich wieder eingeholt. »Ja, das wird ihr bestimmt gefallen. Da passt du gleich viel besser in ihr Beuteschema.«

Luca sagt es in einem merkwürdigen Ton, den ich nicht richtig deuten kann. Doch weil wir das Schultor bereits erreicht haben, bleibt keine Zeit nachzufragen.

Und leider haben wir uns mit der Annahme, dass ich Kim damit beeindrucken könnte, schwer getäuscht. Kurz vor der Mathestunde kommt sie zwar zu mir und holt sich mein Matheheft ab, aber als ich ihr von meinem Fernsehauftritt erzähle, nickt sie nur abwesend. Na, die wird sich noch umgucken!

4. KAPITEL

Das Wochenende vergeht langsam und ereignislos. Highlight ist der Samstagabend, als Mom, Britta und ich wie gebannt vor dem Fernseher hocken und jede Millisekunde von *Spiel dich reich* verfolgen. Obwohl Britta wirklich fleißig übt, um noch mal eben auf die Schnelle sämtliche Hauptstädte des gesamten Erdballs auswendig zu lernen und alle amerikanischen Präsidenten, bin ich mir nach wie vor nicht sicher, ob sie es überhaupt bis in die Samstagsshow schaffen wird. Von der halben Million mal ganz zu schweigen. Dennoch freue ich mich auf den Montagnachmittag und helfe Britta am Sonntag beim Lernen.

Nachdem ich auch den montäglichen Schultag mehr oder weniger erfolgreich über die Bühne gebracht habe, holen Mom und Britta mich an der Schule ab. Ich wünschte, sie hätten um die Ecke auf mich gewartet, denn unser Auto ist das wohl klapperigste der ganzen Stadt. Britta war bis vor Kurzem mit Eddy zusammen, einem KFZ-Schrauber, der den alten Schrotthaufen immer wieder zusammengeflickt hat. Jetzt sind sie seit zwei oder drei Monaten getrennt und die Schüssel fährt noch immer. Kann sich aber nur noch um Tage handeln, bis uns die Rostlaube unter dem Hintern zusammenbricht. Echt peinlich. So schnell es geht, steige ich ein und winkte Luca zu, der uns laut »*Buona fortuna!*« hinterherbrüllt. Britta hupt zum Abschied und zieht damit noch mehr Aufmerksamkeit auf uns. Nun hat auch Kim uns erblickt, die gerade Arm in Arm mit Danny das Schulgebäude verlässt. Na toll.

»Jetzt fahr schon los«, murre ich und Britta tritt endlich auf das Gaspedal. Erst jetzt sehe ich, dass sie sich aufgebrezelt hat und wirklich klasse aussieht. Ich drehe mich zu Mom um, die auf der Rückbank sitzt und offensichtlich ebenfalls Werbung für ihr Kosmetikstudio machen will.

»Gut seht ihr aus«, sage ich. Mom lächelt selig und sieht gleich noch hübscher aus.

»Na ja, man kommt eben nicht allzu oft ins Fernsehen, oder?«, sagt Britta. Ich schaue an mir herunter und stelle fest, dass ich selbst nur ein verwaschenes Sweatshirt trage.

»Keine Sorge«, höre ich Mom von hinten. »Ich habe dir den blauen Pullover mitgebracht.«

Na, besser als nichts, denke ich.

Zwanzig Minuten rumpeln wir durch die Stadt und fahren schließlich auf den Hof eines Fabrikgeländes. An einem der roten Backsteingebäude prangt ein riesiges Schild mit der Aufschrift *Spiel dich reich*. Wir klettern aus dem Auto und sehen uns an. Mom bricht als Erste das Schweigen.

»Na, dann wollen wir mal, was?« Sie greift meine und auch Brittas Hand und drückt fest zu. Normalerweise würde ich das natürlich nicht zulassen. Aber ich bin selber so aufgeregt, dass es jetzt gerade ein klitzekleines bisschen guttut. Außerdem sieht uns ja niemand. Gemeinsam gehen wir auf den Eingang zu und schieben die schwere Eisentür auf. Dahinter werden wir sofort von einem blassen Mädchen in Empfang genommen, die kaum älter zu sein scheint als die Mädchen aus unserem Abijahrgang.

»Hallo, ich bin Emma. Seid ihr Publikum oder Kandidaten?«, fragt sie und krallt sich an dem Klemmbrett fest, das sie im Arm hält.

»Sowohl als auch«, antwortet Britta nervös und fängt an, in ihrer Tasche nach der ausgedruckten E-Mail zu kramen, die sie von dem Redakteur bekommen hat, mit dem sie telefoniert hat. »Ich habe mit Frank Mehrlich telefoniert ...«

Emma löst sich von ihrem Klemmbrett und studiert den daran festgetackerten Zettel. »Britt Kramer?«

Britta nickt. »Ähm, ja. Britta eigentlich.« Doch Emma scheint sie nicht zu hören.

»Ihr seid spät dran. Die Aufzeichnung beginnt in einer halben Stunde. Kandidaten links lang zur Maske, Publikum die Treppe rauf ins Studio.«

Britta wirft uns einen verzweifelten Blick zu. Es geht ihr alles viel zu schnell, das sehe ich ihr an. Mom und ich umarmen sie und wünschen ihr Glück. Dann schiebt Emma sie auch schon den Gang entlang und Mom und ich steigen die Stufen hinauf.

Spiel dich reich ist eine megagroße Show. Als sie vor einem halben Jahr anlief, war die ganze Stadt mit Plakaten zugepflastert. Das Studio sieht im Fernsehen riesig aus, aber als ich es jetzt betrete, bin ich total enttäuscht. Klar, ich erkenne es sofort. Das Pult, an dem Gunnar Hauch immer steht und auch die kleineren Kandidatenpulte. Und die Ecke, in der die Spiele stattfinden. Aber der Rest – und das ist der Großteil des Studios – macht echt einen schrottigen Eindruck. Es sieht aus, als wäre die Kulisse einfach in einen Haufen Technik und Krempel reingefallen. An der Decke hängen hundertundein Scheinwerfer, auf dem Boden liegen lauter Kabel, die wohl zu den Kameras gehören. In einer Ecke stapeln sich Kisten, Tische, Stühle, Sportgeräte – alles Kram, der zu den Spielen der Show gehört. Klar, dass das irgendwo gelagert werden muss, aber so offensichtlich? Das wundert mich schon. Und es ist viel kleiner, als es am Bildschirm aussieht.

Wir müssen unsere Handys abgeben, weil es verboten ist, während der Aufnahme selbst zu filmen, und ein Mann mit Headset zeigt uns, wo unsere Plätze sind. Die dürfen wir auf keinen Fall verlassen, denn sie sind den Begleitern der Kandidaten fest zugeteilt, damit die Kamera sie später leicht finden kann und es keine Verwechslungen gibt, erklärt uns der Headset-Mann. Wir nicken brav und setzen uns. Die Sitzreihen für das

Publikum sind einfache Holzbänke. Da habe ich als Kind im Zirkus bequemer gesessen. Eins ist klar: Im Fernsehen ist nur das schön, was man hinterher am Bildschirm auch sieht.

Die Plätze sind fast alle besetzt. Überall wird gemurmelt und geplappert. Neben mir sitzt eine alte Frau und lächelt mir zu.

»Bist du auch ein Angehöriger?«, fragt sie und ihre Augen blitzen mich lustig an.

»Äh, ja. Meine Tante macht hier mit.«

»Und mein Sohn. Der Hans-Jürgen hat sich das so sehr gewünscht. Der wollte schon immer mal ins Fernsehen und jetzt hat es endlich geklappt.« Sie seufzt zufrieden und faltet ihre Hände im Schoß. »Wir haben sehr viel geübt in den letzten Wochen. Jeden Tag vier bis sechs Stunden. Und ihr?«

Ich schlucke und begreife gerade, dass Britta hier nicht den Hauch einer Chance hat. Hoffentlich blamiert sie sich nicht. Und mich. Da die alte Frau mich noch immer durchdringend ansieht, sage ich hektisch: »Ja, wir auch. Mindestens!« Ich mache ein Gesicht, von dem ich hoffe, dass es einem Pokerface gleichkommt. Bloß keine Schwäche zeigen.

Hans-Jürgens Mutter verzieht ihr Gesicht, das knittert wie Papier, und ich bin schon jetzt gespannt, wie alt Hans-Jürgen wohl sein mag.

Kurz darauf betritt ein dicklicher Mann das Set.

»Hallo und herzlich willkommen, liebes Publikum!« Er schlendert an den Sitzreihen vorbei. Erst jetzt komme ich dazu, mir die anderen Leute im Publikum anzusehen. Es sind vielleicht hundert. Die meisten davon Frauen. Vermutlich sind die genauso in Gunnar Hauch verknallt wie Mom und Britta und wollen ihn mal live sehen.

Der Typ stellt sich als Warm-Upper vor und erklärt uns in der nächsten Viertelstunde, wie die Show abläuft. Wir üben mit ihm, an den richtigen Stellen zu klatschen und er zeigt uns, bei welcher seiner Handbewegungen wir während der Aufzeichnung lachen sollen. Dazwischen reißt er immer wieder blöde Sprüche, die die anderen aber scheinbar witzig finden. Oh Mann! Schließlich kündigt er Gunnar Hauch an und ich merke, wie Mom neben mir auf dem Sitz hin- und herrutscht. Sie reckt den Hals, um besser sehen zu können.

»Liebes Publikum, Gott sieht alles, hört alles und weiß alles. Mein Chef sieht nichts, hört wenig und weiß alles besser. Begrüßen Sie Gunnaaaaar Hauch!«, schreit der Warm-Upper. Muahaha, sehr witzig.

Nun springt Gunnar Hauch gut gelaunt auf die Bühne und klatscht mit den Leuten in der ersten Reihe ab.

»Herzlich willkommen!«, begrüßt er uns und ich muss zugeben, dass er gar nicht schlecht aussieht. Mindestens so gut wie im Fernsehen. Ich kann vielleicht doch ein wenig verstehen, wieso er einer der begehrtesten Junggesellen des Landes ist. Andererseits, bei *der* Kohle, die der Typ für jede Show scheffelt, wär's wahrscheinlich total egal, wie er aussieht, die Frauen wären trotzdem scharf auf ihn. Mom neben mir wird immer länger. Als ich ihr einen Blick zuwerfe, flüstert sie: »Er ist umwerfend, oder?«

Na ja, umwerfend vielleicht nicht gerade, aber irgendwie ganz nett. Aber auch viel kleiner als im Fernsehen. Er erklärt uns noch mal, was gleich passieren wird, und verabschiedet sich dann für einen kurzen Moment bis die Show gleich beginnt.

5. KAPITEL

Die gesamte Beleuchtung im Saal geht aus, wir sitzen kurz im Dunkeln. Dann hören wir ein »Drei, zwei, eins und ab!« und die Titelmusik, die ich so gut aus dem Fernsehen kenne, erklingt. Die Aufzeichnung beginnt und ich spüre, dass meine Hände feucht werden.

Die Scheinwerfer veranstalten eine wilde Show, tanzen über unsere Köpfe hinweg. Sie kommen kurz darauf am Kulisseneingang zum Stillstand.

In dem Moment tänzelt Gunnar Hauch wieder hinein und ruft euphorisch: »Guten Abend, meine Damen und Herren! Herzlich willkommen zur heutigen Ausgabe von *Spiel dich reich*! Ich habe wieder viele spannende Spiele für Sie vorbereitet, denn von den zehn Kandidaten, die ich Ihnen gleich vorstelle, werden es nur zwei in unsere große Samstagabendshow schaffen, in der sie dann um eine halbe Million Euro kämpfen werden!«

Der Warm-Upper reißt die Arme in die Höhe. Unser Zeichen, zu applaudieren. Ein paar Leute im Publikum fangen sogar an zu jubeln. Gunnar freut sich über die gute Stimmung und begrüßt seine Assistentin Cindy, die auch die zehn Kandidaten im Schlepptau hat. Britta kommt als Vorletzte raus und ich finde, man sieht ihr gar nicht an, dass sie aufgeregt ist. Mom gibt mir einen leichten Seitenhieb und wir lächeln uns an.

Die Kandidaten werden hinter den zehn kleinen Pulten platziert und Gunnar stellt sie einzeln vor. Als der Name Hans-Jürgen fällt, springt dessen Mutter neben mir auf, nimmt ganz undamenhaft die Finger in den Mund und pfeift darauf. Mir bleibt die Spucke weg und als sie merkt, dass ich sie anstarre, nickt sie mir triumphierend zu. Hans-Jürgen ist übrigens um die 40 und trägt einen rot-grün karierten Strickpulli und beige Cordhosen. Krass!

Kurz darauf wird Britta vorgestellt. Angestachelt von Ha-Jüs Mutter entfährt mir ein lautes »Woohoo!« Nun werde *ich* angestarrt. Von Hans-Jürgens Mutter und von meiner. Die eine schaut wütend, die andere eher amüsiert. Ich zucke mit den Schultern und konzentriere mich wieder auf die Show, denn das erste Spiel beginnt bereits. Die Mittwochsshow, die in diesem Moment aufgezeichnet wird, besteht aus vier Spielen. Nach jedem Spiel fliegen ein bis drci Kandidaten raus, so dass am Ende eben nur noch die zwei Finalisten für Samstag übrig sind. Im ersten Spiel, erklärt Gunnar Hauch gerade, müssen die Kandidaten schätzen, wie viele Bälle sich in einem Glas befinden. Die drei, die am weitesten von der richtigen Zahl entfernt sind, fliegen raus.

Assistentin Cindy rollt ein Podest herein, auf dem eine riesige gläserne Säule steht, in der viele bunte Bälle stecken. Dann reicht sie Gunnar einen goldenen Umschlag, der beinah genauso glitzert wie ihr Kleid. Darin steht vermutlich die richtige Anzahl. Gunnar bedankt sich und zwinkert Cindy schelmisch zu. Die lacht fröhlich in die Kamera und verschwindet hinter der Bühne. Ein wenig eingebildet, der Gunnar!

Britta und die anderen Teilnehmer drängen sich derweil um die Säule und versuchen abzuschätzen, wie viele Bälle sich in der Röhre befinden.

»Und, was meinen Sie, liebe Kandidaten? Wie viele Bälle sind das? Bitte begeben Sie sich in fünf, vier, drei, zwei, eins an Ihre Pulte und tragen Sie dort Ihren Tipp ein.« Gunnar mustert seine Kandidaten und mir fällt auf, dass er besonders die Frauen unter die Lupe nimmt. Oder bilde ich mir das nur ein?

Nachdem alle zehn ihren Tipp abgegeben haben, öffnet Gunnar den Goldumschlag und lüftet das Geheimnis: In der Röhre stecken 327 Bälle. Britta hatte 250 getippt und liegt damit nicht wirklich nah dran, aber nah genug, um eine Runde weiterzukommen. Hans-Jürgen hatte 313 Bälle getippt und ist damit am dichtesten dran, was für einen erneuten Freudenausbruch auf dem Platz links neben mir sorgt.

Nach der Werbepause, die natürlich keine wirkliche Werbepause ist, sondern nur eine Unterbrechung, in der das Deckenlicht angeht und im Set alle wild durcheinanderlaufen, folgt Spiel 2. Diesmal ist es ein Wissenstest und es werden zwei Kandidaten rausfliegen. Zu erraten sind Filmmusiken. Mom und ich werfen uns hoffnungsvolle Blicke zu. Britta liebt Filme. Praktisch, dass sie im Wohnzimmer schläft, wo auch der Fernseher steht, da kann sie ständig ihrem Hobby nachgehen. Ihre Chancen sind vielleicht gar nicht mal so schlecht.

Ha-Jüs Mutter zerknüllt unterdessen ein Taschentuch in ihren Händen.

Schon erklingt die erste Filmmusik, die mir zwar irgendwie bekannt vorkommt, aber ich habe keine Ahnung, zu welchem Film sie gehört. Die verbliebenen sieben Kandidaten beugen sich über ihre Pulte und kritzeln ihre Antworten auf.

»Sind Sie fertig? Dann löse ich auf«, sagt Gunnar und erneut erklingt die Musik. »Das war das Titellied von *Seehunde küssen besser*. Das war leicht und das wussten ...« Die Monitore, die vorne an den Kandidatenpulten angebracht sind, leuchten auf und enthüllen, was die Kandidaten aufgeschrieben haben. »Michael, Irmtraut, Elfi, Norbert, Roxana und Britta.«

Hans-Jürgen wischt sich den Schweiß von der Stirn und wirft seiner Mutter einen verzweifelten Blick zu. Er wusste es nicht. Seine Mutter neben mir erstarrt.

Mom drückt derweil meinen Arm. In den nächsten Runden kann Ha-Jü dann aber leider doch noch aufholen. Es werden ein paar Songs aus Science-Fiction-Filmen eingespielt, bei denen er sich erstaunlicherweise bestens auskennt. Auch Britta schlägt sich gut. Dafür versagen Irmtraut und Norbert und scheiden am Ende der Runde aus. Nun sind es nur noch fünf Kandidaten und Moms Druck auf meinen Arm wird immer fester.

Bei Spiel 3 müssen die Teilnehmer Seilspringen. Die beiden, die zuerst aufgeben, kommen nicht weiter. Ich atme auf. Britta ist recht fit. Zumindest turnt sie zweimal in der Woche eine dieser Fitness-DVDs durch.

Die Gold-Cindy verteilt Springseile, es ertönt ein Gong und schon hopsen die fünf los. Elfi, die über 70 ist, muss als Erste aufgeben. Das tut mir ein bisschen leid.

Michael scheint gut in Form zu sein. Er sieht kein bisschen angestrengt aus. Auch Britta hält sich tapfer. Roxana, die Anfang zwanzig ist und aus Russland kommt, pustet ganz schön. Aber das ist nichts gegen Hans-Jürgen, dessen Bauchspeck mit jedem Sprung träge hoch- und runterschwabbelt. Er ist knallrot im Gesicht. Da wäre jede Gewächshaustomate neidisch drauf. Seine Haare kleben an der Stirn und ich bekomme Angst, dass er gleich tot zusammenbricht. Man sieht ihm förmlich an, dass seine Füße schwer wie Blei sein müssen. Er kriegt sie kaum mehr hoch. In dem Moment, als es aussieht, als ob er das Seil fallenlassen würde, springt seine Mutter auf und brüllt: »Jetzt mach schon, Hansilein!«

Ha-Jü zuckt zusammen und gibt noch mal richtig Gas. So viel Gas, dass es schließlich Roxana ist, die laut schnaufend aufgibt. »'Chabe zu viele Zigarrretten gerrraucht«, erklärt sie entschuldigend.

»Tja, Rauchen schadet der Gesundheit und dem Geldbeutel, liebe Roxana. Wir müssen uns leider von Ihnen verabschieden.« Gunnar tätschelt ihr die Schulter. »Aber dann stehen die Kandidaten für unsere letzte Runde fest!«, ruft Gunnar und Michael, Britta und Ha-Jü lassen die Seile fallen. Allerdings lässt Ha-Jü nicht nur das Seil fallen, sondern auch sich selbst. Er japst wie ein Nilpferd mit einem lebensbedrohlichen Asthmaanfall und ich fange beinah an, mir Sorgen um ihn zu machen.

Ob ein Notarzt im Studio sitzt? Oder ob seine Mutter gleich das Asthmaspray aus der Tasche zieht? Doch die bleibt seelenruhig neben mir sitzen und grinst nur zufrieden.

Zum Glück gibt es wieder eine Werbepause und Hansi hat ein wenig Zeit, sich zu erholen. Cindy bringt Handtücher und nach fünf Minuten erhebt sich Ha-Jü mühsam. Jetzt hat er wieder eine Gesichtsfarbe, auf die Treibhaustomaten nicht sonderlich neidisch wären. Nur die ganz besonders blassen vielleicht.

»Theo«, sagt Mom neben mir. »Jetzt ist es nur noch *ein* Spiel, dann hat es Britta geschafft.«

»Na, warten Sie mal ab!«, mischt sich Hansileins Mutter ein und beugt sich über mich. »Mein Hansi läuft gerade zu Höchstform auf, wie Sie sehen!« Sie funkelt uns böse an und Mom und ich müssen uns das Lachen verkneifen.

Zum letzten Mal geht das Deckenlicht aus, die Scheinwerfer an und die Musik ertönt. Die Kandidaten und Gunnar Hauch haben sich hinter ihre Pulte gestellt und schon sind wir wieder auf Sendung.

»Nun möchten wir aber noch Ihre Familien kennenlernen«, sagt Gunnar und mir stockt der Atem. »Britta, wen haben Sie dabei?«

Mist, das geht mir alles viel zu schnell. Hastig streiche ich meine Haare glatt und versuche gut auszusehen. Schon sehe ich das rote Licht der Kamera, die sich nun zu uns gedreht hat.

»Mich begleiten meine Schwester Katja und mein Neffe Theo«, erklärt Britta und winkt uns zu. Mom winkt hektisch zurück, was vermutlich ziemlich peinlich rüberkommt. Ich nicke nur lässig.

»Herzlich willkommen!«, begrüßt uns Gunnar aus

der Ferne. »Und direkt daneben sitzt die Begleitung von Hans-Jürgen, nicht wahr?«

»Ja, das ist meine Mami«, bestätigt Ha-Jü.

Die erhebt sich nun und reckt eine Faust in die Höhe. »Du schaffst das!«, brüllt sie und ich muss laut prusten vor Lachen. Mom gibt mir einen Klaps, aber ich sehe, dass sie sich selber zusammenreißen muss.

Danach wird noch Michaels Verlobte vorgestellt, die aussieht, als wäre sie eine verschollene Schwester von Roxana. Und schließlich beginnt das letzte Spiel: Auf der großen Leinwand hinter Gunnar Hauch wird ein Bild gezeigt, das die drei Kandidaten sich gut einprägen sollen. Nach einer halben Minute verschwindet das Bild und ein neues erscheint, auf dem aber Fehler sind. Die sollen sie herausfinden und aufschreiben. Moms Finger bohren sich in mein Bein und ich bin kurz davor, ihr ebenfalls meine Finger in den Oberschenkel zu krallen, aber dann muss ich an Ha-Jü und seine Mutter denken und umklammere lieber meinen Sitz.

»Die Zeit ist um, bitte legen Sie jetzt Ihre Stifte beiseite. Auch Sie, Hans-Jürgen!«, ermahnt Gunnar und löst auf. Insgesamt haben sich sechs Fehler eingeschlichen. Zuerst wird Michaels Monitor freigeschaltet. Er hat vier

Fehler gefunden. Danach ist Hans-Jürgen an der Reihe, der fünf Fehler gefunden hat. Triumphierend sieht er in die Runde. Mom und ich zerspringen beinah vor Aufregung.

»Und nun kommen wir noch zu Britta. Wie viele Fehler haben Sie gefunden?«, fragt Gunnar, doch Britta lächelt nur verschwörerisch in die Kamera. Ihr Monitor wird freigeschaltet, aber ich kann aus der Entfernung nicht lesen, was darauf steht.

»Apfel, Leiter, Blatt«, liest Gunnar. »Korb, Schornstein und ...« Ich halte es nicht mehr aus. Sag schon, sag schon, sag schon! »Wolke! Damit haben Sie alle sechs Fehler gefunden und haben sich zusammen mit Hans-Jürgen für unsere große Samstagabendshow qualifiziert, in der es um eine halbe Million Euro geht!«

6. KAPITEL

Mom und ich sind nicht mehr auf unseren Plätzen zu halten. Wir springen auf und fallen uns in die Arme. Ein Mitarbeiter der Show winkt uns auf die Bühne. Wir drängeln uns an Ha-Jüs Mutter vorbei, die sich auch auf den Weg nach unten macht, und stürmen zu Britta.

Kurz bevor wir bei ihr sind, fallen mir die Kameras ein, die immer noch laufen, und ich verlangsame mein Tempo ein wenig und versuche möglichst lässig auszusehen.

Von oben rieseln goldene Schnipsel auf uns herunter. Gunnar Hauch gratuliert uns und als er sich zu Hans-Jürgen wendet, gratuliert uns auch Cindy. Mir gibt sie sogar einen Kuss auf die Wange! Ich hoffe, die Kamera hat das eingefangen. Da wird Luca Augen machen. Und Kim erst!

Während wir uns noch freuen, gehen die Kameras aus, das Licht im Studio an und wir werden aus dem Set gescheucht. Britta muss noch mal hinter die Bühne, wir sollen draußen warten. In einer Stunde wird nämlich noch eine Show aufgezeichnet. Die für nächste Woche Mittwoch. Studiomiete kostet, da muss man so viel wie möglich abdrehen, erklärt uns ein Typ mit Headset. Scheinbar haben hier alle ein Headset auf dem Schädel, die nicht gerade vor der Kamera stehen. »Wenn ihr wollt, könnt ihr aber bei der nächsten Show auch noch zugucken.« Wir winken dankend ab und verlassen das Studio.

Im Vorraum warten schon die Zuschauer für die andere Aufzeichnung, also gehen Mom und ich zum Auto. Zum Glück hat Britta uns den Schlüssel gegeben.

»Meinst du, Britta kann am Samstag gewinnen?«, frage ich, als wir im Auto sitzen.

Mom sieht mich lange an und sagt dann leise: »Ich weiß es nicht, Theo. Aber ich wünsche es mir wie nichts anderes auf der Welt. Es würde alles ...«, sie schaut aus dem Fenster und schluckt, »so viel einfacher machen.«

Es gibt mir einen Stich und ich habe Mitleid mit ihr. In diesem Moment wirkt sie so zerbrechlich und mir wird wieder einmal klar, wie schwer sie es hat. Sie hat immer versucht, alle Probleme von mir fernzuhalten. Der Streit um den Unterhalt mit meinem Vater. Immer wieder wechselnde Jobs. Die Angst, die Miete nicht mehr zahlen zu können. Dann Britta. Und ich.

Ich starre vor mich hin und frage mich, wie sie wohl wäre, wenn sie nicht so viele Sorgen hätte. Ob sie dann auch so in sich gekehrt wäre? Oder vielleicht ein bisschen mehr wie Britta, die viel lebensfroher ist und sich die Sachen nicht so zu Herzen nimmt.

Wir schweigen lange. Jeder hängt seinen eigenen Gedanken nach. Ich muss an Kim denken, die jetzt mit Danny zusammen ist, der so viel Geld hat, dass er Mädchen damit beeindrucken kann. Und an Luca, der einen Vater hat, der sich um seine Familie kümmert.

»Na, wie habe ich das gemacht?«, brüllt es plötzlich ins offene Fenster hinein und Britta reißt die Tür auf. Mom und ich schrecken hoch und fangen an zu jubeln.

»Ich lade euch jetzt zum Italiener ein. Wir müssen feiern«, schlägt Britta vor. »Und keine Widerrede!«

Sie droht Mom mit dem Zeigefinger. Ich weiß, dass in Moms Kopf schon die Zahlen rattern. Sie überlegt, ob wir uns das leisten können. Meistens können wir nicht. Aber heute, da geht das. Das hat zumindest Britta beschlossen, also fahren wir zu der billigsten Pizzeria, die wir kennen. Ich bestelle eine Salami-Pizza, Britta eine Pasta und Mom eine Pizza Margherita – weil es die günstigste Pizza auf der Karte ist.

Britta ordert noch einen halben Liter vom Hauswein und erzählt uns dann ein wenig, was hinter der Bühne passiert ist: »Also, eine Sache vorab: Ich musste eine Art Verschwiegenheitserklärung unterschreiben. Das heißt, dass wir drei niemandem erzählen dürfen, dass ich mich für die Samstagsshow qualifiziert habe, bevor die Aufzeichnung am Mittwoch ausgestrahlt wurde.«

Ich sehe sie enttäuscht an, verstehe das aber natürlich. Wer würde denn die Sendung noch sehen wollen, wenn alle schon wüssten, wie sie ausgeht? Also nicke ich brav, frage mich allerdings, wie ich es schaffen soll, Luca nichts zu sagen.

»Und wie ist Gunnar Hauch?«, will meine Mutter nun wissen. Britta wiegt ihren Kopf hin und her und sagt dann: »Er ist sehr nett. Und ich glaube, er mag mich. Er hat in der Maske ein wenig mit mir geflirtet.« Ihre Augen blitzen, doch als sie unsere erstaunten Gesichter sieht, winkt sie ab. »Keine Sorge, ich erwarte nicht, dass er mich am Samstag nach meiner Telefonnummer fragen wird. Er ist ja erst seit Kurzem mit diesem 20-jährigen Model zusammen. Aber wer weiß, vielleicht hilft er mir ein wenig. Denn den Hans-Jürgen hat er scheinbar ganz schön auf dem Kieker.« Britta kichert. »Die Mutter von Hans-Jürgen kam nach der Aufzeichnung einfach hinter die Bühne gelaufen und hat Gunnar vollgequatscht. Und Hans-Jürgen stellte sich auch noch dazu, statt seine Mutter aufzuhalten.« Sie zieht eine Augenbraue hoch und schaut uns vielsagend an. Und dann stellt sie die Frage, die weder Mom noch ich uns bisher gewagt haben zu stellen: »Was würden wir denn eigentlich machen, wenn ich die halbe Million Euro gewinne?«

»Umziehen«, antwortet Mom, kaum dass Britta ausgesprochen hat. Da müssen wir alle drei lachen.

»Genau«, pflichte ich bei, »in ein Haus im Opernviertel.« Sofort fliegen meine Gedanken zu Kim und Danny.

»Ob wir uns das leisten können?«, fragt Britta nun und nimmt einen tiefen Schluck aus ihrem Glas.

»Ja, ich habe schon nachgesehen«, sagt Mom und wird ein bisschen rot. Sie senkt den Kopf und flüstert: »Man wird ja wohl noch träumen dürfen.«

Britta tätschelt ihre Hand. »Aber ja! Erzähl schon, was hast du rausgefunden?«

»Also, für ein kleines Häuschen würde es wohl reichen. Und dann würde immer noch Geld bleiben für ein paar neue Möbel. Und vielleicht könnten wir uns auch einen richtigen Laden mieten. Einen kleinen natürlich, aber immerhin.«

Britta klatscht laut in die Hände. »Oh, das wäre herrlich. Endlich ein eigenes Zimmer. Und ein richtiges Bett. Ich möchte ein Himmelbett haben. Und dann noch einen eigenen Laden! Gott, wäre das fantastisch!«

Ich nicke, kriege aber keinen Ton mehr heraus. Das klingt so großartig. Wenn Britta am Samstag tatsächlich gewinnen würde, wären all unsere Sorgen mit einem Mal wie weggewischt. Kein Schminktisch mehr in meinem Zimmer, vielleicht ein paar coolere Möbel und ein eigenes Haus. Im Opernviertel! Dann wäre endlich alles gut! Und vielleicht würde ich dann auch eine Playstation bekommen. Und Kim noch dazu.

7. KAPITEL

Am nächsten Tag in der Schule fällt es mir natürlich schwer, Luca nichts von der Aufzeichnung zu erzählen. Aber ich habe beschlossen, dass es okay ist, wenn ich auf seine Fragen mit Nicken oder Kopfschütteln antworte. Somit weiß Luca schnell Bescheid und ich habe nicht geplaudert. Ärgerlich ist es dennoch, dass ich nichts sagen darf. Denn auch ein paar andere Mitschüler wollen wissen, wie es war. Aber ich vertröste sie auf Mittwoch. Da sollen die sich alle die Sendung im Fernsehen anschauen. Selbst Kims Interesse ist geweckt. Kurz vor Mathe kommt sie zu mir.

»Hey«, grüße ich lässig. Ich habe heute so viel Bewunderung und Anerkennung von den anderen bekommen, dass ich selbst jetzt ganz locker bin.

»Hallo!« Kim blinzelt ein paar Mal mit den Augen

und plötzlich wird mir doch wieder ganz anders. »Hab gehört, du warst gestern bei der Aufzeichnung? Wie war's da so?«

»Es war ziemlich cool, aber ich darf noch nichts sagen«, stammele ich. »Kannst du dir am Mittwoch ansehen.«

Kim nickt anerkennend. »Klar, mache ich.«

Wow! Sie wird sich die Show ansehen. Nur wegen mir! Das ist sensationell. Ich merke, wie mein Lächeln langsam um mein Gesicht herumkriecht und sich hinter meinen Ohren trifft. Ich lächle im Kreis.

»Ähm«, druckst sie herum und ich male mir aus, dass sie mit mir jetzt mal ins Kino gehen will. Oder dass sie fragt, ob sie mit ins Studio kommen darf. Oder dass sie mir einfach einen Kuss ...

»Kann ich noch mal deine Mathehausaufgaben abschreiben?«, fragt sie stattdessen und mein Lächeln friert ein.

Kim zieht beschämt die rechte Schulter hoch. »Ich kapier's einfach nicht. Vielleicht erklärst du mir das doch mal irgendwann?«

Hin- und hergerissen, was ich davon halten soll, nicke ich und krame mein Matheheft hervor. Kim kritzelt die

Hausaufgaben ab, bedankt sich und verabschiedet sich mit einem breiten Lächeln von mir.

Am Mittwoch kommen unsere Nachbarn Swetlana und Janek mit Zofia, sowie Regina, Moms Chefin aus dem Kosmetikinstitut, und auch Luca und Antonia bei uns vorbei. Zusammen wollen wir die Show sehen. Britta hat zwei Flaschen Prosecco geholt, Cola und Salzstangen.

Da in unserem kleinen Wohnzimmer für neun Leute kaum Platz ist und auf der Couch nur vier Leute sitzen können, quetschen sich Britta, Luca, Antonia und ich auf den Fußboden. Zofia, die kleine Tochter von Janek und Swetlana, bleibt eh nicht ruhig und klettert über Tische und Bänke.

»Ich bin so aufgeregt!«, sagt Swetlana gerade. »Das ist das erste Mal, dass ich jemanden kenne, der im Fernsehen ist.«

Swetlana und Janek wohnen seit vier Jahren unter uns. In der alten Wohnung von Frau Rieseck. Ich war froh, als die damals ausgezogen ist, denn sie hat sich ständig beschwert, dass wir zu laut sind. Sweti und Janek ist das egal. Und jetzt, wo Zofia da ist, sowieso.

»Also, ich war auch schon mal im Fernsehen«, erzählt Regina gerade und erntet alle Aufmerksamkeit dafür. »Na ja, ich wurde auf der Straße interviewt. Zur Bundestagswahl. Das kam dann in der Abendschau.«

Wir nicken alle anerkennend, Britta schenkt noch eine Runde Prosecco aus und dann ertönt auch schon die Titelmusik von *Spiel dich reich.* Ich merke, wie meine Hände feucht werden. Total albern, denn ich weiß ja, wie es ausgeht. Trotzdem macht mich der Gedanke, dass meine gesamte Klasse und noch ein paar mehr jetzt vor der Glotze sitzen, ganz nervös.

Britta sieht super aus im Fernsehen, Ha-Jü wirkt noch dicker als in echt und Michael hat dunkle Schweißringe unter den Armen. Das ist mir im Studio gar nicht aufgefallen.

Während der Spiele ist die Spannung in unserem Wohnzimmer kaum zu ertragen. Da die ja alle noch nicht wissen, wie es ausgeht, schauen sie gebannt auf den Fernseher und brechen nach jedem gewonnenen Spiel in lautes Jubelgeschrei aus. Richtig gute Stimmung in der M5.

Es läuft der Werbeblock, bevor die Familien der letzten drei Kandidaten vorgestellt werden. Meine

Hände werden noch feuchter und Luca bemerkt meine Unruhe. »He, *amigo*, ist doch alles super! Ich bin echt stolz auf euch!«

»Ja, aber jetzt komme ich. Hoffentlich sehe ich nicht aus wie ein Depp.«

Antonia lächelt mich an. »Ach, ganz bestimmt nicht!« Sie wird ein bisschen rot, sieht weg und zieht Zofia auf ihren Schoß, die gerade mit ihren Patschehändchen nach einem Glas greifen will.

Irritiert schaue ich zu Luca. »Hm, na ja, ich sitze ja nur im Publikum. Und stehe später auf der Bühne. Wird schon okay sein.«

»*Come no!*«, italienert Luca mal wieder und ich habe keine Ahnung, was das heißen soll. Er sieht meinen fragenden Blick und übersetzt: »Na klar. Du hast das sicher gut gemacht.«

Schon ist die Werbung zu Ende und es geht weiter. Gunnar begrüßt das Publikum und bittet die Kandidaten, ihre Begleitung vorzustellen. Britta erklärt gerade, dass sie Mom und mich mitgebracht hat, als die Kamera auch schon ins Publikum schwenkt. Na super, viel zu früh. Man sieht nur, wie ich versuche, meine Haare glattzustreichen. Schon schwenkt die Kamera zu Mom herüber und mein cooler Blick ist nicht mehr zu sehen. Schöner Mist! Luca wirft mir ein gequältes Lächeln zu. Ich presse die Lippen aufeinander und starre wieder auf den Fernseher. Es ist das letzte Spiel und dann kommt ja noch der Part mit Cindy und dem Kuss. Ha, da wird Luca schon noch Augen machen!

Nachdem Britta das letzte Spiel gewonnen hat, fangen die anderen an zu jubeln und wollen schon aufspringen. Ich kann sie gerade noch zurückhalten. »He, wartet doch mal. Jetzt kommt noch der Goldregen!« Alle setzen sich wieder hin, aber ich höre, wie die Erwachsenen hinter mir freudig tuscheln und mit ihren Proseccogläsern anstoßen.

Im Studio rieseln gerade die goldenen Schnipselchen von der Decke und beinah zeitgleich betrete ich die Bühne. Na, schon viel besser! Man sieht mich zwar nur im Hintergrund, aber immerhin. Moment, was ist denn das? Auf meinem Kopf – also, der im Fernsehen – lässt sich eins der Schnipselchen nieder. Es klebt sich einfach auf meine Stirn und klebt und klebt und sieht wirklich lächerlich aus. Wieso habe ich das nicht gemerkt? Immerhin kommt jetzt Cindy auf mich zu, doch bevor sie mir den Kuss aufdrücken kann, schwenkt die Kamera auf Hans-Jürgen um. Das darf doch wohl nicht wahr sein! Jetzt geht die Kamera noch mal auf uns. Der Schnipsel ist noch immer da, aber Cindy ist schon weitergegangen. Den Kuss von ihr haben sie einfach nicht eingefangen! Stattdessen hängen jetzt Mom und Britta an mir und wir hüpfen gemeinsam auf und ab. Oh mein Gott. Wie peinlich. Daran kann ich mich gar nicht erinnern. Habe ich mein Gehirn auf den Zuschauerrängen vergessen? Ich wollte doch so lässig wie möglich rüberkommen. Und jetzt wirke ich wie ein albernes, vorpubertäres Kind, das sich mit Mami und Tantchen in den Armen liegt. Oh Mann!

Die anderen scheinen meinen schmählichen Auftritt gar nicht bemerkt zu haben. Sie umarmen sich jubelnd. Regina stürzt sich gerade auf mich und schreit in mein Ohr: »Hurra! Ich freue mich so!« Dann drückt sie mich an ihre großen Brüste, um mich gleich darauf loszulassen und Britta zu herzen. Swetlana kommt mit hochgerissenen Armen auf mich zu und Janek klopft mir anerkennend auf die Schulter. Selbst Luca und Antonia umarmen mich.

»War das nicht voll daneben?«, erkundige ich mich bei meinem besten Freund.

Der zuckt mit der Schulter und sagt: »Das mit dem Goldpapier im Gesicht?« Er lacht laut auf. »Ja, Mann! Aber was soll's. Das Gehopse war viel schlimmer!« Jetzt lacht er sich richtig schlapp. »Aber mach dich locker, am Samstag seid ihr in der Liveshow und da könnt ihr es allen zeigen.«

Das war nun nicht gerade das, was ich hören wollte. Die gute Stimmung um mich herum zieht mich runter. Merkt denn keiner, dass ich mich zum Volldeppen gemacht habe? Was soll Kim denken? Ein Typ, der sich zurückgeblieben in den Haaren herumfummelt, nicht mal merkt, wenn ihm Goldpapier auf der Stirn klebt und dann auch noch mit Mami und Tantchen einen affigen Tanz aufführt.

»Ich fand's gut«, versucht Anti noch, mich zu trösten, aber das schafft wohl heute keiner mehr.

Am nächsten Tag in der Schule sind die Reaktionen gemischt. Die meisten sind begeistert, finden Britta super und können den Samstagabend kaum erwarten. Natürlich werden mir ein paar Sprüche für meine Darbietung eingeschenkt. Auch von Kim – ausgerechnet!

»He!«, grüßt sie mich in der Hofpause. Sie hängt bei Danny im Arm und das versaut mir endgültig die Laune. »Witziger Auftritt gestern.« Sie lacht und sagt zu Danny: »Das ist der, den wir gestern bei *Spiel dich reich* gesehen haben, weißt du noch?«

Danny nickt. »Ah, die Goldmarie.« Er schnaubt verächtlich Luft durch die Nase. Kim knufft Danny in die Seite, muss aber doch ein bisschen lachen. Ich gehe einfach weiter und schäume vor Wut. Was für ein Idiot!

Wenigstens komme ich am Nachmittag auf andere Gedanken, denn ich gehe mit Britta und Mom in die Stadt und wir kaufen ein neues Hemd für mich. Für die Liveshow. Ich nehme mir fest vor, am Samstag alles besser zu machen. Und in dem dunkelblauen Jeanshemd, das wir aussuchen, sehe ich schließlich gar nicht schlecht aus.

Als wir an der Kasse stehen, wird Britta von der Frau, die vor uns steht, angesprochen: »Sagen Sie mal, Sie sind doch die, die gestern bei Gunnar Hauch war, oder?«

Uns allen bleibt die Spucke weg. Britta nickt erstaunt

und die Frau tätschelt ihr den Arm. »Ich drücke Ihnen die Daumen. Und grüßen Sie den Herrn Hauch von mir, ja?« Sie zwinkert uns zu und wir drei schauen uns sprachlos an.

8. KAPITEL

Die Zeit bis zum Samstag vergeht wie im Flug. Freitagabend flüchte ich zu Luca. Mom und Britta probieren Klamotten für morgen an und haben dafür den Kleiderschrank komplett entleert und alles kreuz und quer durch die Wohnung verteilt.

Bei den Bertanis gibt es, wie sollte es anders sein, Pasta zum Abendessen. Rosa Bertani nimmt dafür aber nicht etwa die fertigen Nudeln aus der Packung, sondern macht die komplett selber und es schmeckt megalecker. Beim Essen fragen mir alle Löcher in den Bauch.

»Wie ist denn der Gunnar Hauch so?«

»Ist der wirklich so klein?«

»War seine Freundin auch dabei?«

»Ist der Hans-Jürgen so ein Depp oder tut der nur so?«

»Wie ist denn die Stimmung da im Studio?«

»Wie viele Zuschauer sitzen da?«

»Sind die gecastet oder zahlen die Eintrittsgeld dafür?«

Irgendwann schwirrt mir der Kopf. Lucas Mutter sieht mir das an und bremst ihre Kinder.

»*Basta!*«, ruft sie. »Jetzt lasst den armen Theo doch mal in Ruhe.« Dann schaufelt sie mir noch eine große Ladung Nudeln auf den Teller. »Zum Nachtisch habe ich extra für dich ein Tiramisù gemacht.« Sie lächelt mich an und am liebsten würde ich sie umarmen. Frau Bertani ist die wohl strengste, aber gleichzeitig warmherzigste Frau, die ich kenne. Sie ist wirklich toll. Ich schaue mich am Tisch um und betrachte die Bertanis, die ich nun schon so lange kenne. Die sechs sind mir echt ans Herz gewachsen und wie eine zweite Familie für mich.

Lucas Vater möchte wissen, was wir mit dem Geld machen würden, wenn wir es gewinnen. Ich berichte von dem Haus und dem Laden. Von Luca ernte ich wieder abschätzige Blicke, doch dann spinnen wir alle gemeinsam rum, was man mit so viel Geld anstellen würde. Lucas Eltern sind sich einig. Sie würden ein kleines Häuschen auf Sizilien kaufen und dort mindestens dreimal im Jahr hinfahren. Elena würde eine Weltreise machen, Maria ein Jahr in die USA gehen. Luca würde sich VIP-Karten für ein Fußballspiel vom AC Mailand kaufen oder gleich eine Jahreskarte und Antonia würde die eine Hälfte an eine Tierschutzorganisation spenden und den Rest sparen. Wir lachen und essen, quatschen und fantasieren. Und als es draußen dunkel wird, gehe ich rüber.

Mom und Britta haben sich für ihre Outfits entschieden, jetzt üben sie noch ein paar Wissensfragen. Bei den James Bond-Darstellern höre ich noch zu, als Mom aber die Geburtsjahre von irgendwelchen Wissenschaftlern abfragt, gehe ich in mein Zimmer, fummele an einem Schaltkreis für den Physikunterricht rum und lese noch ein paar Comics. Irgendwann gehe ich ins Bett, kann aber nicht schlafen, weil mein Kopf verrücktspielt. Ich bin extrem aufgeregt wegen morgen.

Nach einer unruhigen Nacht wache ich früh auf. Na toll. Aus der Küche höre ich Geräusche. Wenigstens bin ich nicht als Einziger wach. Ich stehe auf, stoße dabei das Physikmodell um, das ich gestern mühsam aufgebaut habe, und es zerfällt in seine Einzelteile. Mieser kann ein Tag ja wohl nicht losgehen. Ich versuche, das nicht als böses Omen zu nehmen und sehe nach, wer da in der Küche werkelt. Es ist Mom, die gerade frische Brötchen aus dem Ofen zieht, die ganz wunderbar duften.

»Ich war so unruhig, dass ich schon mal angefangen habe, das Frühstück vorzubereiten.« Unsicher schaut sie mich an und erst jetzt sehe ich den Frühstückstisch. Neben Tellern, Gläsern und Besteck stehen da zwei Kuchen, ein Laib Brot und nun schiebt Mom auch noch die dampfenden Brötchen dazu. Ich muss lachen.

»Wer soll das denn alles essen?«, frage ich und schnappe mir eins der Brötchen, die noch viel zu heiß sind und jongliere es in der Luft herum.

Mom zuckt mit den Schultern. »Ich weiß nicht. Aber ich musste mich irgendwie ablenken.« Sie seufzt. »Na, entweder machen wir morgen ein Freudenfest und laden alle ein. Oder wir essen aus Frust alles alleine auf.«

Endlich ist es mir gelungen, das Brötchen auseinanderzubrechen. Ich pule das Weiße heraus und schiebe es mir in den Mund. »Ich hoffe auf das Freudenfest.«

Kurz darauf erscheint auch Britta und schüttelt den

Kopf, als sie sieht, was ihre Schwester in den letzten Stunden gezaubert hat. Wir stapeln die Kuchen aufeinander, schieben sie auf die kleine Arbeitsfläche und quetschen uns an den Küchentisch, um gemeinsam zu frühstücken. Jeder bemüht sich so entspannt wie möglich zu wirken. Über die Show reden wir nicht. Mom erzählt von ihren Kunden in Reginas Laden und ich berichte, wie es gestern bei den Bertanis war. Nur Britta ist im Vergleich zu sonst sehr ruhig. Sie zieht sich auch gleich nach dem Frühstück zurück und blättert in verschiedenen Büchern.

Der Vormittag will kaum vergehen. Ich telefoniere kurz mit Luca, der uns Glück wünscht. Ich nehme mir vor, heute meine Hausaufgaben besonders sorgfältig zu machen, kann mich aber kaum drauf konzentrieren. Also räume ich mein Zimmer auf und nachdem ich aus lauter Verzweiflung auch noch angefangen habe, meine Socken paarweise zusammenzulegen, ist es endlich so weit und wir können losfahren zum Studio.

9. KAPITEL

Obwohl ich den Ablauf im Studio ja nun schon kenne, bin ich aufgeregt. Natürlich ist die Show heute Abend eine Liveübertragung, aber sonst ist alles gleich.

Am Eingang nimmt uns Klemmbrett-Emma in Empfang. Britta wird in die Maske geschickt, Mom und ich ins Studio. Dort müssen wir wieder die Handys abgeben und man weist uns einen Platz zu. Diesmal sitzt Ha-Jüs Mutter nicht neben uns, sondern auf der anderen Seite und wirft uns böse Blicke zu.

Ich nehme alles um mich herum wie durch einen Nebel wahr. Denn obwohl ich jetzt eigentlich schon ein alter Showhase bin, bin ich trotzdem total nervös. Weil meine Gedanken nicht aufhören wollen, darum zu kreisen, wie anders unser Leben in nur zwei Stunden sein könnte.

Neben mir kramt Mom in ihrer Handtasche und holt ein kleines Fläschchen heraus.

»Das sind Bachblüten. Die sollen beruhigen. Regina schwört darauf«, erklärt sie und tröpfelt sich die durchsichtige Flüssigkeit auf die Zunge. Bereitwillig öffne auch ich meinen Mund. Eigentlich glaube ich an so einen Quatsch nicht, aber heute ist mir alles recht. Und als endlich die Titelmelodie erklingt, erwische ich mich sogar dabei, wie ich Moms Hand umklammere. Es sind nur ein paar Spiele, die über unser Schicksal entscheiden.

Schon läuft Gunnar Hauch auf die Bühne, begrüßt das Publikum und stellt seine beiden Kandidaten vor, die Cindy ins Studio führt. Ha-Jü trägt heute einen gestreiften Pullunder, dazu eine Jeans, die aussieht, als wäre sie vor dreißig Jahren modern gewesen. Britta sieht wieder toll aus und erntet deutlich mehr Applaus als Hans-Jürgen. Britta oder Ha-Jü – einer von beiden wird hier gleich eine halbe Million abräumen! Ich dreh durch!

Gunnar Hauch erklärt die Spielregeln. Es wird vier Spiele geben und falls es der Spielstand verlangt, noch ein Entscheidungsspiel. Pro Spiel gibt es einen Punkt.

Und dann geht es los. Das erste Spiel heißt Kofferpacken, das kenne ich noch von Kindergeburtstagen. Ich konnte das nie gut und auch Britta hat echte Probleme damit. Aber Hans-Jürgen macht es ihr auch wirklich schwer.

Nach vier Runden ist er wieder an der Reihe: »Ich packe meinen Koffer und nehme mit … meinen Bikini, meinen Aroma-Luftbefeuchter, meinen Nagellackentferner, meine Briefmarkenpinzette, meine Trockenhaube, meine Insektensammlung, das Lieblingsbuch von meinem Neffen Theo und …«, er überlegt und ich sehe, dass sein Hirn beinah Purzelbäume schlägt, während es sich fiese Wörter ausdenkt, »… und meine Digitalarmbanduhr mit Flüssigkristallanzeige.« Er schaut triumphierend in die Runde. Britta wirft Gunnar Hauch einen verzweifelten Blick zu, doch der zuckt nur mitleidig mit der Schulter.

Britta atmet tief ein und sagt: »Ich packe meinen Koffer und nehme mit: meinen Bikini, meinen Aroma-Luftbefeuchter, meinen Nagellackentferner, meine Briefmarkenpinzette, meine Trockenhaube, meine Insektensammlung, das Lieblingsbuch von meinem Neffen Theo und … und … meine Armbanduhr mit …

Flüssig…« Doch da ertönt schon ein lautes MÖÖÖÖG.

»Tut mir leid, Britta!«, sagt Gunnar und tätschelt meiner Tante den Rücken. »Es war die Digitalarmbanduhr.«

Hans-Jürgen nickt siegessicher. »Ja, mit Flüssigkristallanzeige!«

Britta lässt den Kopf hängen, aber zum Glück war das ja das erste Spiel.

Beim nächsten Spiel müssen die beiden im Tischtennis gegeneinander antreten. Sofort denke ich an Ha-Jüs Kondition beim Seilspringen und rechne uns gute Chancen aus. Doch leider ist Ha-Jü echt hartnäckig. Obwohl ihm der Schweiß in Strömen von der Stirn tropft, kämpft er bis zum Schluss. Zwar ist Britta viel fitter als er, aber er hat die fieseren Schläge drauf. Schnell wird klar, dass Britta auch in diesem Spiel keine Chance gegen ihn hat und ehe wir uns versehen, steht es 2:0 für Hans-Jürgen. Während seine Mutter vor Freude ausrastet, sitzen Mom und ich ganz schön bedröppelt auf unseren Plätzen. In der Werbepause kommt Britta kurz zu uns geflitzt.

»Es tut mir so leid«, sagt sie mit hängenden Schultern, aber wir reden ihr gut zu: »Keine Sorge, das wird schon noch. Nur nicht aufgeben jetzt!« Sie drückt uns und kehrt zurück auf ihren Platz.

Die Pause ist nur kurz, denn es ist ja eine Livesendung. Daher dauert die Pause auch nur so lange, wie die Werbung über die Bildschirme flackert. Schon hören wir wieder die Titelmelodie und sind zurück auf Sendung. Gunnar Hauch stellt zum Beginn des zweiten Blocks die Familien seiner Kandidaten vor. Diesmal bin ich darauf vorbereitet und bemühe mich, cooler auszusehen als letztes Mal. Ich glaube, es gelingt mir einigermaßen, wobei das Lächeln in Anbetracht der Situation wirklich schwerfällt.

In Spiel 3 sollen sich die beiden 60 Sekunden lang ein Gedicht von Goethe einprägen. Wer sich am meisten merken kann, gewinnt. Britta und Ha-Jü werden in zwei Glasboxen gestellt und bekommen Kopfhörer aufgesetzt. Vor ihnen sind Monitore, auf denen das Gedicht erscheint. Dann wird das Studio etwas abgedunkelt und die 60 Sekunden laufen. Während Ha-Jü beinah in den Monitor reinkriecht, wirkt Britta ganz entspannt. Dann wird es im Studio wieder etwas heller, die Monitore werden schwarz. Gunnar Hauch holt zuerst Britta aus ihrer Kabine. Ich spüre mein Herz bis in den Hals klopfen.

Britta räuspert sich und legt los:
»Ein großer Teich war zugefroren;
die Fröschlein, in der Tiefe verloren,
durften nicht ferner quaken noch springen,
versprachen sich aber im halben Traum:
Fänden sie nur da oben Raum,
wie Nachtigallen wollten sie singen.
Der Tauwind kam, das Eis zerschmolz,
nun ruderten sie und landeten stolz
und saßen am Ufer weit und breit
und quakten wie vor alter Zeit.«

Mega, Britta! Dafür erntet sie eine Menge Applaus und ich bin richtig stolz auf sie. Dann wird Hans-Jürgen aus seiner Kabine geholt. Er scheint mitbekommen zu haben, dass Britta ihre Sache gut gemacht hat, denn er schaut etwas verwirrt drein. Gunnar Hauch fordert ihn auf, das Gedicht vorzutragen und Hansilein legt los:
»Ein großer Teich war zugefroren;
die Fröschlein ... ähm, also ...
Ein großer Teich war zugefroren;
die Fröschlein durften nicht quaken ... Nein, das war falsch.«

Während Ha-Jü noch stammelt, ertönt das Signal. Mom und ich springen auf und Britta fällt Gunnar um den Hals. Der ist zunächst etwas irritiert, sieht dann aber doch recht erfreut aus. Breit grinsend verkündet er den Spielstand – 2:1. Hoffnung keimt in mir auf.

Für Spiel 4 wird ein großes Metallgestänge in das Studio geschoben. Die Eisenstange dreht und windet sich nach oben und unten, rechts und links. Ein abgefahrenes Gebilde. Cindy trägt zwei Stäbe hinein, an deren Ende jeweils eine Metallschlaufe befestigt ist. Gunnar erklärt, dass die Metallschlaufe über die gedrehte Eisenstange gesteckt wird und die Kandidaten dann mit der Schlaufe der Stange folgen müssen. Dabei darf die Schlaufe die Stange nicht berühren. Denn die steht unter Strom und sendet sofort ein akustisches Signal und schon hat man verloren.

Mom neben mir wird wieder nervös und scharrt mit den Füßen. Das macht mich gleich mit nervös, aber als ich ihr einen bösen Blick zuwerfe, reißt sie sich zusammen und hält die Beine still.

Diesmal beginnt Hans-Jürgen. Er grapscht sich den Stab und legt los. Ich bilde mir ein, ihn schnaufen zu hören, auf alle Fälle wirkt er sehr angestrengt. Es gelingt ihm zwar, die ersten beiden Kurven zu passieren, aber dann fängt die Schlaufe schon bedrohlich an zu wackeln. Da er sich auf einem geraden Abschnitt befindet, kann er sich noch mal beruhigen, scheitert aber an der nächsten Biegung nach oben. Ein schrilles PIIIEP ertönt und Ha-Jü muss aufhören.

Aufgeregt reibe ich mir die Hände. Wenn Britta jetzt gewinnt, hätte sie ausgeglichen und es käme noch ein Entscheidungsspiel. Es ist also noch nicht alles verloren.

Britta ist viel ruhiger als Hansilein. Sie ist schneller um die beiden Kurven herum und schon auf der geraden Strecke. Nun geht es gleich hoch und dann ...

»Hatschi«, macht es da ganz laut, dicht gefolgt von einem schrillen PIIIEP. Ich spüre, wie mein ganzer Körper in sich zusammensackt. Britta hat verloren. Hans-Jürgen ist zwar nur ein Stückchen weiter gekommen, aber immerhin. Der Punkt geht an ihn und somit war das jetzt auch das letzte Spiel. 3:1, damit ist Britta raus.

Das war's. Bye-bye Opernviertel, bye-bye Coolness, bye-bye Kim.

Plötzlich kommt Bewegung ins Studio. Eine Frau mit Headset läuft ins Set und tuschelt mit Gunnar. Der nickt und sagt dann: »Liebes Publikum, wir müssen kurz unterbrechen. Unser Notar muss prüfen, ob es sich um einen Fehlversuch handelt. Bitte geben Sie uns ein paar Minuten Zeit. Wir sind gleich zurück.«

Die Titelmelodie wird abgespielt und ein Werbeblock startet. Ich verstehe kein Wort mehr. Fehlversuch? Im Set rennen alle durcheinander. Gunnar verschwindet hinter der Kulisse, Britta und Hans-Jürgen stehen ratlos herum. Die Headset-Frau redet mit ihnen und kurz darauf erscheint auch Gunnar Hauch wieder. Er zieht seine beiden Kandidaten vor den großen Studiomonitor, auf dem nun Brittas Versuch, die Schlinge über das Gestänge zu schieben, wiederholt wird. Der Nieser ist deutlich zu hören und man sieht, dass Britta vor Schreck zusammenzuckt.

Dann wird eine weitere Kameraeinstellung gezeigt, die während des Spiels das Publikum abfilmt. Und da ist nun sehr deutlich zu erkennen, dass es Ha-Jüs Mutter war, die geniest hat. Ich glaub's ja nicht!

Nun wendet sich Gunnar an das Publikum: »Brittas Versuch muss laut unserem Notar als Fehlversuch gewertet werden, weil sie durchs Publikum abgelenkt wurde. Daher darf sie einen erneuten Versuch starten.«

Mom schaut mich mit aufgerissenen Augen an. Britta ist fassungslos und Ha-Jü erstarrt. Gunnar Hauch geht nun zu ihm. »Hans-Jürgen, es scheint, als wollte Ihre Mutter das Spiel manipulieren.«

Sofort springt die Mutter auf und verteidigt sich. »Aber nein, ich habe Heuschnupfen!«

Gunnar Hauch winkt genervt ab, denn schon gehen wir wieder auf Sendung. Er erklärt auch dem Publikum zu Hause, was geschehen ist, erwähnt diesmal aber nicht, dass es Hans-Jürgens Mutter war. Ich finde, das hätte er ruhig mal machen können, denn das ist ja wohl ein starkes Stück!

Doch schon ergreift Britta ein zweites Mal die Schlinge. Ich sehe, wie sie tief einatmet und dann legt sie los. Kurve links, Kurve rechts, Gerade, hoch ... so weit war Ha-Jü auch ... und jetzt nach rechts ... Geschafft! Sie hat es geschafft und ist weiter gekommen als er! Das heißt dann ja wohl Gleichstand. 2:2! Ich will von meinem Sitz aufspringen, aber Britta ist noch gar nicht fertig. Sie führt die Schlinge bis zum Ende und dann wieder zurück bis zum Anfang. Sie ist einfach die

Coolste! Als sie die Schlinge schließlich ablegt, nickt Gunnar anerkennend und Ha-Jü sieht plötzlich ganz klein aus. Großartig!

»Das haben Sie ganz ausgezeichnet gemacht, Britta!«, lobt Gunnar Hauch. »Das bringt uns zu einem Punktestand von 2:2. Da haben Sie ja gut aufgeholt.«

Britta wird ein wenig rot im Gesicht und lächelt glücklich. Hans-Jürgen hingegen sieht aus, als würde er sie am liebsten erwürgen.

»Gut, dann kommen wir zu unserem Entscheidungsspiel.« Gunnar führt die beiden an ihre Kandidatenpulte zurück und stellt sich selbst hinter sein Pult. Auf der Wand hinter ihm leuchten die Worte *Amerikanische Präsidenten* auf. Mom packt meine Hand und krallt ihre Fingernägel hinein. Aua! Aber jetzt ist alles egal. Amerikanische Präsidenten hat Britta geübt, das kann sie.

Die beiden Kandidaten sollen die letzten zwölf Präsidenten, die jetzt noch ungeordnet auf den Monitoren erscheinen, in die richtige Reihenfolge bringen. Dafür haben sie eine Minute Zeit. Eine Uhr fängt leise an zu ticken, doch irgendwie will die Zeit so gar nicht vergehen. Noch nie erschien mir eine Minute so lange wie diese. Brittas Chancen stehen gut, aber mir fällt ein, dass Hansis Mutter letztes Mal gesagt hatte, dass sie täglich mehrere Stunden geübt haben. Moms Hand wird schwitzig. Oder ist es meine? Wie lange kann eine Minute dauern? Jetzt wird das Ticken lauter, was wohl heißt, dass die letzten Sekunden anbrechen und dann, endlich – vorbei! Ich glaube, ich habe vergessen zu atmen, denn plötzlich schnappe ich nach Luft und meine Lungen brennen etwas.

»Gut, fangen wir an«, sagt Gunnar. »Aktueller Präsident ist Donald Trump. Ich vermute, das wussten Sie beide.« An den Pulten erscheinen die Listen von Britta und Ha-Jü, deren zwölf Felder aber noch verdeckt sind. Das erste wird jetzt gelüftet und sowohl bei Britta als auch bei Hans-Jürgen steht *Trump*. Auch Barack Obama, George W. Bush, Bill Clinton, George Bush, Ronald Reagan und Jimmy Carter haben beide richtig. Dann kommen Gerald Ford und Richard Nixon. Ich bin schon lange ausgestiegen und denke mir, dass ich einfach zu jung bin, um das wissen zu müssen.

»Hans-Jürgen, wer war Präsident vor Richard Nixon?«, fragt Gunnar und Ha-Jü schaut selbstsicher in die Kamera.

»John Fitzgerald Kennedy, natürlich!«

Ich sehe genau, dass Gunnar Hauchs Mundwinkel zuckt. Nun wendet er sich an Britta: »Was meinen Sie?«

Britta zieht die Stirn in Falten und antwortet: »Nun, ich dachte, dass zwischen Mr Kennedy und Mr Nixon noch Lyndon B. Johnson im Amt war.«

Ha-Jü wirft ihr einen bösen Blick zu, scheint aber zu überlegen, ob sie recht haben könnte oder nicht.

»Dann lösen wir auf«, kündigt Gunnar Hauch an. »Hans-Jürgen hat recht, dass John F. Kennedy vor Richard Nixon amerikanischer Präsident war.« Hans-Jürgen entfährt ein lautes »Ha!« und er will schon hinter seinem Pult hervorrennen, als Gunnar fortfährt: »Aber zwischen diesen beiden war tatsächlich Lyndon B. Johnson für fünf Jahre Präsident der Vereinigten Staaten! Und somit haben wir eine Gewinnerin der heutigen *Spiel dich reich*-Show: Britta Kramer!«

Mom und ich sind nicht mehr auf unseren Sitzen zu halten! Wir stürmen auf die Bühne und sind noch schneller da, als Cindy mit ihrem Geldkoffer um die Ecke biegen kann. Ich kann es nicht glauben! Wir sind reich! Reich, reich, reich! Eine halbe Million, das ist der Wahnsinn!

Wir fallen uns in die Arme und heute ist mir egal, ob ein Goldschnipsel auf meiner Stirn kleben bleibt. Und als die Kamera auf mein Gesicht hält, denke ich nicht daran, cool zu sein. Ich grinse, so breit es nur geht, und bin glücklich.

10. KAPITEL

Zwei Stunden später sind wir zu Hause. Nach der Show gab es noch einen Sektumtrunk mit dem Team. Das war echt cool. Gunnar Hauch hat doch noch mit Britta geflirtet, Ha-Jü und seine Mutter sind so schnell es ging abgehauen und ich stand in einer Ecke und habe zugesehen, wie die anderen miteinander reden. Weil ich wie in Trance war und es einfach nicht glauben konnte.

Als wir den Flur zu unserer Wohnung entlanggehen, sitzt da Luca vor unserer Tür. Er ist eingeschlafen, wird aber wach, als er unsere Schritte hört. Verschlafen steht er auf, reibt sich die Augen und fällt uns dann in die Arme.

»*Amici*, da seid ihr ja endlich!«, sagt er, nachdem wir vier mehrere Runden im Kreis gesprungen sind.

»Ja sorry, wir mussten mit denen noch anstoßen«, erkläre ich und ziehe ihn mit in die Wohnung.

»Wissen deine Eltern, dass du hier bist?«, fragt Mom besorgt.

»*Claro!* Heute ist alles erlaubt!«, strahlt er uns an. »Nur Antonia durfte nicht mit, obwohl sie so gerne wollte. Ich darf sogar hier pennen. Also, wenn es euch recht ist.«

»Aber natürlich! *Heute ist alles erlaubt*«, unterbricht ihn Mom, bevor er ausreden kann, und sie sieht richtig schön aus, so wie sie lacht.

Wir setzen uns noch mal alle zusammen ins Wohnzimmer und erzählen Luca von der Show, der natürlich alles live am Fernseher verfolgt hat. Britta erzählt von Gunnar, der ihr seine Telefonnummer zugesteckt hat. Die hat sie aber gleich weggeworfen. »Der ist mir zu schmierig. Außerdem hat der ständig neue Freundinnen. Nee, danke!«

Dann will Luca wissen, ob wir den Geldkoffer dabeihaben, aber den durften wir nicht mitnehmen. Und das Geld auch nicht. Das wird Anfang der Woche auf unser Konto überwiesen.

Irgendwann schickt Mom uns ins Bett, aber Luca und ich liegen noch lange wach und reden.

»Ich drücke euch die Daumen, dass ihr wirklich ein

Haus im Opernviertel findet«, sagt er. »Das ist doch immer noch euer Plan, oder?«

»Ja! Endlich raus aus diesem Bunker!«, antworte ich aufgeregt.

Luca stützt sich auf die Ellenbogen und sieht mich lange an. »Aber ich kann euch dann immer besuchen kommen, oder?«

»Ja, logisch!«, antworte ich in die Dunkelheit hinein.

Luca seufzt.

»He, alles klar?«, frage ich.

»Mhm«, macht Luca, aber ich merke natürlich sofort, dass irgendwas nicht stimmt. Ich richte mich nun auch auf. »Was'n los?«

»Nicht, dass du dir dann bessere Freunde suchst und mit uns aus der Vogelsiedlung nichts mehr zu tun haben willst, *stronzo*.«

»So ein Quatsch, Alter!« Ich versetze ihm einen Schlag und jetzt muss er lachen. Das beruhigt mich und bald darauf sind wir eingeschlafen.

Am nächsten Morgen klingelt es schon früh an unserer Wohnungstür. Swetlana, Janek und Zofia stehen mit einer Sektflasche vor uns. Kurz darauf kommen auch

Lucas Familie und die Kowalskis von nebenan. Regina kommt vorbei und als die Wohnung schon auseinander zu platzen scheint, beschließen wir, die Party in den Hof zu verlegen.

Lucas Vater schleppt mit Janek einen Tisch raus, Antonia und Julia holen Stühle aus ihrer Wohnung. Mom holt die Klappstühle aus dem Keller. Frau Bertani plündert ihren Kühlschrank, Britta unseren. Jetzt kommen Moms Kuchen doch noch zum Einsatz. Dann fährt Britta zu dem Supermarkt am Bahnhof, der auch sonntags geöffnet hat, und kauft Sekt, Saft, Plastikbecher und eine riesige Tonne mit Chips.

Nach einer halben Stunde Wuselei befinden wir uns alle im Hof und es kommen immer mehr Leute dazu. Denn obwohl die Siedlung recht groß ist, kennt man sich. Der Hausmeister, Herr Kaya, kommt, die alte Frau Weber, die auch bei uns im Haus wohnt. Lukas und Elena, die Zwillinge aus der M1, ein paar Leute aus meiner Klasse, Henry und Rasmus, Familie Jankova aus der A2 bringt sogar einen Kuchen mit und alle freuen sich für uns und gratulieren. Es ist wirklich toll. Alle quatschen, lachen und wirbeln durcheinander. Nur meine Welt bleibt urplötzlich stehen, als ich Kim am anderen

Ende des Hofes sehe. Sie steuert geradewegs auf mich zu. Oh Mann. Ob sie die Sendung gesehen hat? Ob sie's cool fand? Ich schlucke und spüre, wie mir heiß wird. Schnell und möglichst unauffällig wische ich mir meine schwitzigen Hände an meiner Jeans ab.

»Hey Theo!« Kim bleibt vor mir stehen und grinst so breit und so schön, dass mir die Luft wegbleibt.

Und weil kein Wort über meine Lippen kommen will, grinse ich einfach zurück und nicke mit dem Kopf. Kim fährt sich mit den Fingern durch die Haare und sagt: »Ich wollte euch gratulieren. Das war echt klasse gestern.«

Ich räuspere mich und kann endlich wieder sprechen: »Ja, danke.« Für mehr reicht's nicht, aber immerhin.

»Ich muss jetzt weiter«, sagt sie nun und schaut verlegen auf den Boden. »Aber du hast ja noch ein Eis bei mir gut. Wegen Mathe.«

Meine Ohren werden rot. Das spüre ich genau und es sieht bestimmt total albern aus. Mist, blöder. Immer das Gleiche.

»Oder hast du keine Lust mehr?«, fragt sie nun und wirft mir einen scheuen Blick zu.

»Hä? Klar, natürlich! Total gerne«, stammele ich und

will mir selbst in den Hintern treten, weil ich so unlocker bin. Doch Kim strahlt mich einfach an.

»Cool! Nächste Woche?«

Ich nicke und dann passiert etwas Unfassbares. Kim beugt sich zu mir, stellt sich auf die Zehenspitzen und haucht mir einen Kuss auf die Wange. Mir! Theo Kramer! Total abgefahren.

Während ich dastehe wie eine Salzsäule, zwinkert Kim mir noch einmal zu und geht dann weiter.

»Alter, was war das denn?«, höre ich Luca hinter mir. Er haut mir auf den Rücken und ich löse mich endlich aus meiner Starre. »Habe ich das gerade richtig gesehen? Hat Kim dir einen Kuss gegeben?«

Vorsichtig befühle ich meine Wange, da wo eben noch Kims Lippen waren. Kims warme, weiche Lippen. In mir drin entsteht sowas wie ein Wirbelsturm. Er beginnt in meinem Bauch und breitet sich in meinem ganzen Körper aus. Überall kribbelt es und mir wird heiß und dann wieder kalt. Das war mein erster Kuss. Also, na ja. Mein erster Kuss von einem Mädchen. Und dann auch noch von *so einem*! Yes!

Luca schaut mich noch immer fragend an und ich bemühe mich, so lässig wie möglich rüberzukommen.

»Yep«, sage ich und grinse breit.

»Wow! Du bist letzte Nacht echt eine Liga aufgestiegen«, sagt er ungläubig. Ich kann mein Glück immer noch nicht fassen.

Antonia gesellt sich zu uns. »Alles klar bei euch? Ihr seht so seltsam aus.«

Luca lacht auf. »Theo wurde gerade von Kim geknutscht.«

Ich gebe ihm einen Hieb. »Klappe, das geht ja wohl niemanden etwas an!«

»Ach, jetzt stell dich nicht so an!«, frotzelt Luca und ich schüttele genervt den Kopf.

»Weißt du, Anti …«, wende ich mich an Antonia, doch die dreht sich gerade um und läuft davon. Also echt, die beiden können einem aber auch alles kaputtmachen.

11. KAPITEL

Am Abend sitzen Mom, Britta und ich zusammen im Wohnzimmer und haben endlich mal Zeit, in Ruhe über alles zu quatschen.

»Ich kann es immer noch nicht fassen«, sagt Britta und Mom nickt.

»Seht mal her.« Mom hat den Computer angeschaltet und tippt nun mit dem Finger auf den Monitor.

»Eins steht fest: wir kaufen uns einen Laptop«, sagt Britta und stellt sich hinter Mom. »Die alte Kiste nervt mich gewaltig.« Sie gibt dem Tower unter dem Wohnzimmertisch einen Tritt, prompt flackert der Monitor nervös.

Mom streichelt das alte Ding beruhigend und dreht ihn dann so, dass wir sehen können. »Ja, vielleicht. Aber auf alle Fälle sollten wir darüber nachdenken, das hier zu kaufen.«

Perfekt für die kleine Familie – Leben im Eigenheim, Figaroweg 13, lese ich. Zu der Anzeige gehören ein paar Fotos von einem kleinen, schlichten Haus, das zwar nichts mit den Villen der Nachbargrundstücke gemein hat, aber immerhin scheint es von dem gewonnenen Geld bezahlbar zu sein.

»Das ist ein echtes Schnäppchen«, erklärt Mom. »Das Haus ist noch gar nicht so alt.« Sie zeigt uns den Grundriss. »Außerdem hat es vier Zimmer, also Platz für jeden von uns. Im Keller ist noch ein Raum, den man ausbauen könnte. Und der Garten ist nicht zu groß, sollte also nicht zu viel Arbeit machen und sieht sehr gepflegt aus.«

Britta betrachtet lange die Fotos und nickt dann. »Mhm, gar nicht schlecht. Das könnte uns gut stehen, oder?«

»Wir könnten es uns ja mal ansehen«, schlage ich vor.

»Gut, ich kann den Makler morgen Früh gleich anrufen«, sagt Mom und schreibt sich die Telefonnummer auf einen Zettel.

»Ich meinte *jetzt*«, sage ich und sehe die beiden auffordernd an. Britta zuckt mit der Schulter.

»Mhm, warum nicht.«

»Aber es wird doch schon dunkel«, wendet Mom ein, doch Britta und ich winken ab.

»Das ist egal, zumindest bekommen wir einen ersten Eindruck.«

Und schon ziehen wir unsere Schuhe an und flitzen los zum Figaroweg, der direkt vom Amselsteig abgeht. Kaum dass wir in den Figaroweg eingebogen sind und die Vogelsiedlung hinter uns gelassen haben, bleibt Mom stehen und atmet tief ein. »Aaaah, merkt ihr das? Hier ist die Luft gleich viel besser. Weg vom Siedlungsmief - daran könnte ich mich gewöhnen.«

Britta zieht uns weiter. »Links sind die geraden, rechts die ungeraden Hausnummern. Kommt mit.«

Wir gehen vorbei an drei sehr modernen Häusern, dann kommt eine prunkvolle Villa mit Säulen und Engeln, ein riesiges Klinkerhaus und anschließend zwei Häuser, die eher normal aussehen, unauffällig und so gar nicht protzig. Eins davon ist die Nummer 13.

Klar, ich hätte mir gewünscht, in eine Villa einzuziehen, aber alles ist besser als die winzige Bruchbude, in der wir jetzt wohnen.

Wir beugen uns über den angerosteten Zaun und versuchen, so viel wie möglich zu erspähen. Das Haus sieht okay aus. Der Garten ist super und es gibt sogar eine Terrasse.

»Also, mir gefällt's«, sagt Britta und rüttelt an der Klinge des Gartentores. »Schade, abgeschlossen. Aber wir sollten morgen wirklich einen Besichtigungstermin ausmachen.«

Mom und ich nicken und dann kehren wir drei zufrieden in die Siedlung zurück.

Am nächsten Tag werde ich jubelnd in meiner Klasse begrüßt. Unfassbar, wie sehr die sich alle mit mir freuen. Selbst zwei Lehrer gratulieren zu dem Gewinn. Und Kim wartet in der Pause auf mich.

»Hast du heute Nachmittag Zeit?«, fragt sie und ihre Augen blitzen mich fröhlich an.

»Nee, leider nicht«, antworte ich und ärgere mich ein wenig. Damit sie das nicht in den falschen Hals bekommt, füge ich erklärend hinzu: »Wir schauen uns nachher ein Haus an. Im Figaroweg.«

»Wow«, macht sie. »Cool.«

Ich nicke. »Aber vielleicht morgen?«

Kim schüttelt den Kopf. »Hm, nee, dienstags gehe ich

immer zum Schwimmen. Und ab Mittwoch ist Danny dann wieder da.«

»Wo ist der denn?« Dass sie jetzt seinen Namen erwähnt, macht mir schlechte Laune.

»Na, seine Klasse ist doch gerade ein paar Tage im Harz. Auf Klassenfahrt.«

»Oh.« Na toll. Da sollte ich wohl als Lückenfüller einspringen.

Kim legt den Kopf schief. »Er sieht es nicht gerne, wenn ich andere Jungs treffe. Aber ich könnte ihm ja erzählen, dass du mir bei Mathe hilfst.«

Sie klimpert mit den Wimpern, dass mir ganz schummerig wird. Um mir nichts anmerken zu lassen, schaue ich sie so gleichgültig wie irgendwie möglich an und sage nichts.

Nun macht sie einen Schmollmund und seufzt. »Ich kläre das, okay?« Und dann gibt sie mir wieder einen Kuss auf die Wange. Alle Lässigkeit und Gleichgültigkeit, die ich in den letzten Sekunden versucht habe auszustrahlen, ist dahin. Wieder färben sich meine Ohren rot und ein Lächeln, das sicherlich ziemlich bescheuert aussieht, ziert nun mein Gesicht. Kim tut so, als ob sie's nicht merken würde, winkt mir zu und haut ab.

Als ich nachmittags nach Hause komme, empfängt mich Mom. »Wir treffen den Makler in einer Stunde am Haus.«

»Alles klar«, sage ich. »Wo ist denn Britta?«

»Im Wohnzimmer. Sie telefoniert schon den ganzen Tag. Ständig rufen wildfremde Leute an, die ihr gratulieren wollen. Ein, zwei waren auch dabei, die nicht so nette Sachen gesagt haben. Aber die meisten sind sehr freundlich.«

»Hä?« Das verstehe ich nicht. Wieso sollten wildfremde Leute bei uns anrufen?

»Ja, ich weiß auch nicht. Scheinbar suchen die sich die Telefonnummer aus dem Internet raus. Es sind auch viele Männer dabei, die Britta einmal treffen möchten.« Mom macht eine lange Pause. »Aber Britta lässt sich darauf natürlich nicht ein.«

In diesem Moment öffnet sich die Wohnzimmertür und Britta kommt heraus. »Was meint ihr, wie lange die Besichtigung dauert?«

»Nicht länger als eine halbe Stunde, oder?« Mom kratzt sich nachdenklich das Kinn.

»Ah, das passt. Ich bin heute Abend verabredet. Zum Essen. Mit einem Anlageberater, der mit mir über den

Gewinn reden will.« Damit verschwindet sie wieder im Wohnzimmer und lässt uns beide zurück.

»So«, sage ich. »Sie trifft sich also nicht mit wildfremden Männern, klar.«

Mom wird prompt etwas hektisch. »Na, das ist ja ein Anlageberater. Sicher kein Mann mit irgendwelchen Absichten.«

»Hoffen wir's mal«, antworte ich und verziehe mich in mein Zimmer, um die Zeit bis zur Besichtigung für Hausaufgaben zu opfern.

12. KAPITEL

In den folgenden Wochen veränderte sich mein Leben von Grund auf. Wir haben das Haus im Figaroweg gekauft. Nach der Besichtigung war schnell klar, dass es genügend Platz für uns alle hat. Außerdem hat der Makler uns gesagt, dass die Chance, im Opernviertel ein Haus zu bekommen, gleich null ist. »Es passiert alle zwei, drei Jahre mal, dass hier was frei wird. Aus der Gegend will keiner mehr weg«, sagte er. Da klar war, dass wir nicht warten wollten, bis was anderes frei wird, haben wir also kurzentschlossen zugeschlagen.

Und dann ging alles sehr schnell. Wir haben einen Nachmieter für unsere Wohnung gesucht, unsere Sachen in Kisten gepackt und sind innerhalb von zwei Wochen umgezogen. Alle haben dabei geholfen – Swetlana und Janek, Lucas Vater, Herr Kowalski und sogar Herr

Kaya. Zum Abschied flossen ein paar Tränen, aber die sind schnell wieder getrocknet, kaum dass wir im neuen Haus waren. Und da ist jetzt alles super. Jeder hat sein eigenes Zimmer und wir haben noch ein Wohnzimmer. In der Küche ist Platz für einen großen Tisch und ein neues Auto haben wir auch gekauft. Also, nicht ganz neu, aber es ist erst drei Jahre alt.

Britta ist jetzt mit dem Anlageberater zusammen, der damals bei uns angerufen hat. René Wurmbach heißt er und ist wirklich nett. Eigentlich wollte er uns beim Anlegen des Geldes beraten, aber davon ist nicht mehr viel übrig. Denn im Haus mussten wir einige Sachen machen.

Wir haben den rostigen Zaun streichen lassen – hätten wir auch selber machen können, aber Britta meinte, das wäre peinlich vor den neuen Nachbarn. Mein und Moms Zimmer mussten ebenfalls gestrichen werden, denn an den Wänden klebten furchtbare Omatapeten, die schon Wellen schlugen. Wir brauchten Möbel für die Terrasse, ein richtiges Bett für Britta und einen Kühlschrank. Eine Waschmaschine auch. Früher haben wir die aus dem Gemeinschaftswaschkeller in der Vogelsiedlung benutzt, aber das geht ja jetzt nicht mehr.

Also, alles ist neu, alles ist anders. Ja, einiges ist anders. Britta ist viel weniger zu Hause, weil sie oft bei René ist. Mom ist zwar besser drauf, macht sich aber laufend Sorgen, dass das Geld nicht für die Einrichtung ihres Beautysalons reicht. Und ich? Tja, ich verbringe viel Zeit mit Kim. Wir treffen uns einmal die Woche. Mindestens. Dann helfe ich ihr bei den Hausaufgaben. Dafür sehe ich Luca nicht mehr so häufig. Es war halt immer viel zu tun in letzter Zeit. Und irgendwie hat er sich verändert. Es ist nicht mal wirklich etwas vorgefallen zwischen uns. Wir hatten uns mit einem Mal nichts mehr zu sagen und dann ist der Kontakt irgendwie abgeflaut. Keine Ahnung. Erklären kann ich das nicht. Aber es ist eben so.

»Die Airjet-Aktien sind gerade schwer im Kommen. Da solltet ihr investieren«, sagt René gerade und reißt mich aus meinen Gedanken. Wir sitzen auf der Terrasse und trinken Eistee.

»Nee, das ist nichts für mich. Aktien – das ist so riskant«, winkt Britta ab.

»Dann vielleicht doch der Rentenfonds?«

Britta tätschelt René die Hand. »Es ist wirklich süß, dass du dich so sehr darum kümmerst, aber wir behalten das Geld lieber auf der Bank.« Ich bekomme das Gefühl, dass René gar nicht weiß, dass das Geld beinah alle ist, beziehungsweise das Restgeld schon voll verplant ist. Komisch, dass Britta ihm das nicht sagt. Na ja, sie sind ja erst frisch zusammen.

»Wir sollten endlich den neuen Nachbarn hallo sagen«, wendet Britta sich nun an Mom und mich. »Wird Zeit, wir sind ja jetzt schon eine Weile hier und langsam wird's peinlich.«

Wie auf Kommando springt Mom auf. »Oh ja, das machen wir heute. Ich habe da auch schon was vorbereitet.« Sie rennt ins Haus und kommt kurz darauf mit zwei Weidenkörbchen zurück. »Ich habe Kekse gebacken. Für die Wagners und die von Steins.«

»Wer sind die Wagners? Und wer sind die von Steins?«, frage ich und ernte dafür einen abfälligen Blick.

»Unsere Nachbarn! Rechts die Wagners, links die von Steins.«

»Und woher weißt du, wie die heißen?«, wundere ich mich.

»Ich habe auf die Klingelschilder geschaut, ist doch klar!«

»Ähm, und was willst du mit den Körbchen?«, fragt Britta und begutachtet die Kekse, die unter einer knallroten Papierserviette liegen.

»Das machen die in diesen amerikanischen Serien doch auch immer. Auf gute Nachbarschaft und so.« Mom schüttelt den Kopf über unsere Ahnungslosigkeit. Während Britta nun anerkennend nickt, bin ich mir nicht so sicher, ob das eine gute Idee ist. Aber mich fragt ja keiner. Britta verabschiedet sich von René, der heute Abend noch einen wichtigen Geschäftstermin hat, und Mom geht noch mal ins Haus hinein und zieht sich um. Für die neuen Nachbarn! Wie albern.

Kurz darauf stiefeln wir los. Mom hat sich ein neues geblümtes Kleid angezogen, in dem sie irgendwie gar nicht wie sie selbst aussieht. Britta hat sich ein beiges Strickjäckchen übergeworfen und sogar eine falsche Perlenkette umgelegt. Echt komisch, die beiden. Ich sehe einfach aus wie immer, was sonst?

Wir klingeln zuerst in der Nummer 11, bei den Wagners, die in einem ähnlichen Haus wie wir wohnen. Allerdings sieht das, im Gegensatz zu unserem aus, als wäre es gerade frisch gestrichen worden. Als der Türsummer ertönt (den wir auch nicht haben. Wenn bei uns jemand am Gartentor klingelt, müssen wir hingehen), betreten wir den Garten. Dort steht ein kleiner Pavillon mit einem Teich davor. Die Gartenmöbel auf der Terrasse sind total schick und sicher nicht gebraucht gekauft wie unsere. Wir stehen etwas unbeholfen rum, als uns eine Frau mit Lockenwicklern im Haar die Haustür öffnet. Das muss Frau Wagner sein.

»Ja, bitte?« Sie betrachtet uns erstaunt und auch ein wenig misstrauisch.

Mom räuspert sich. »Guten Tag! Wir wollten uns endlich mal vorstellen. Wir sind die neuen Nachbarn.« Sie deutet mit dem Zeigefinger auf unser Haus.

»Oh, ja, schön.« Frau Wagner sieht nicht wirklich so aus, als würde sie sich über den Besuch freuen. Auch als Mom ihr den kleinen Korb in die Hand drücken will, hellt sich ihre Miene kaum auf. Sie betrachtet ihn skeptisch, nimmt ihn Mom aber nicht ab. »Sie sind also die, die im Fernsehen gewonnen haben, ja?«

Wir drei nicken begeistert und freuen uns, dass sie uns erkennt.

»Nun, wir schauen uns sowas selbstverständlich nicht an. Aber man hörte davon.« Sie trippelt von einem Bein aufs andere. »Sie kommen doch aus der …«, Frau Wagner macht eine kurze Pause, »... aus der Vogelsiedlung, nicht wahr?«

Wieder nicken wir.

»Tja, dann herzlich willkommen in der Nachbarschaft.« Wirklich herzlich kommt das nicht rüber, aber Britta und Mom scheinen das nicht zu merken. Sie plappern einfach weiter.

»Vielen Dank, wir freuen uns so, dass wir jetzt hier sind.«

»Ja, und wenn mal was ist, wenn wir Ihre Blumen gießen sollen ... Ihre Fische füttern ... Sie wissen ja jetzt, wo Sie uns finden.« Mom fährt sich nervös durch die Haare. »Kramer heißen wir.«

»Oh, sehr freundlich, aber für solche Dinge haben wir einen Gärtner!«, stoppt Frau Wagner ihren Eifer und das gelingt ihr schlagartig. Britta und Mom bleiben die Münder offen stehen und Frau Wagner nutzt die Chance, uns eine eindeutige Abfuhr zu erteilen: »Tja, ich muss dann mal wieder.« Sie befühlt vorsichtig ihre Lockenwickler. »Meine Stylistin ist da. Mein Mann und ich sind später zu einem Empfang eingeladen. Tschüsselchen!« Sie winkt uns, lächelt noch einmal und schließt dann die Tür.

Wortlos bleiben wir stehen. Bis Mom auf den Korb herabblickt, den sie noch immer in der Hand hat. Sie reckt ihren Finger Richtung Türklingel, aber ich halte ihn blitzschnell fest und schüttele den Kopf. »Du willst jetzt nicht wirklich noch mal klingeln, oder?«

Auch Britta wirft Mom einen warnenden Blick zu und Mom nickt ergeben. »Na gut. Aber ich lasse das Körbchen vor der Tür stehen. Es war bestimmt keine Absicht. Frau Wagner ist halt im Stress. So ein Empfang ...« Sie deponiert ihren blöden Korb vor der Tür und wir drehen ab. Ich bin mir sicher, dass ich den Korb morgen in der Mülltonne der Wagners wiederfinden würde, wenn ich danach suchen würde. Aber wer will das schon wissen?

Etwas geknickt gehen wir weiter zu Haus Nr. 15.

»Sicher, dass ihr da klingeln wollt?«, frage ich, als wir vor der imposanten Villa stehen. Ich glaube, auch Britta ist ein wenig ins Wanken geraten, aber Mom ist wild entschlossen. Ohne ein Wort zu sagen, steuert sie auf das Gartentor zu und klingelt. Diesmal ertönt kein Summer, aber die schwere Haustür öffnet sich kurz darauf. Eine junge Frau schaut heraus und kommt dann zum Zaun gelaufen.

»Ja, bitte?« Sie hat einen merkwürdigen Akzent, vielleicht Spanisch.

»Guten Tag, wir wollten uns vorstellen, wir sind gerade nebenan eingezogen und ...«, beginnt Britta, doch die Frau unterbricht sie.

»*Perdón*, is sprese keine gute Deuts. Señor von Stein ist nist da. *Vacaciones* ... Urlaub.« Sie lächelt uns unsicher an und deutet auf sich selbst. »Is *muchacha*. Dienstemädsen.«

»Oh«, macht Britta. »Und wann ist Herr von Stein zurück?«

Die Spanierin wedelt mit der Hand in der Luft. »Vielleiste inne vier Wochen, vielleiste fumf oder sechs.«

»Gut, dann kommen wir wieder. Vielen Dank!«, sagt Britta nun und zieht Mom und mich weg, bevor Mom auf die Idee kommen kann, dem Dienstmädchen die Kekse zu überreichen.

Wir sehen zu, dass wir wieder in unserem Garten verschwinden und lassen uns enttäuscht auf den billigen Plastikstühlen nieder. Britta zieht ihre Strickjacke aus und wirft sie wütend in eine Ecke.

»Was hast du denn?«, fragt Mom.

»Habt ihr nicht gesehen, dass das spanische Dienstmädchen genau die gleiche Jacke anhatte?«, zischt Britta und schaut finster vor sich hin.

Wir hängen alle drei unseren Gedanken nach, aber fragen uns sicher das Gleiche: Gehören wir hier wirklich hin?

13. KAPITEL

Am Montag, zwei Wochen später, hat Mom mich dazu verdonnert, Unkraut zu zupfen. Damit der Garten gepflegt aussieht. Angeblich hat Frau Wagner unseren Garten über den Zaun hinweg sehr skeptisch begutachtet.

Mom gibt sich wirklich große Mühe, sich hier anzupassen. Aber so recht werden wir das Gefühl nicht los, dass die Nachbarn uns etwas von oben herab betrachten. Wir sind halt die ehemals armen Schlucker aus der Vogelsiedlung, der Arbeiterklasse. Die Nageldesignerin, die Kosmetikerin und ein pubertierender Junge. Da rümpfen die Ärzte, Rechtsanwälte und Super-Manager eben ihre feinen Nasen.

Es bringt auch nichts, dass Mom und Britta versuchen, sich neu einzukleiden. Sie sehen trotzdem nicht so elegant aus wie die anderen Frauen der Straße. Aber wir versuchen, uns davon nicht runterziehen zu lassen. Schließlich geht's uns ja gut. Wir mögen das Haus und den Garten und was die Leute von nebenan sagen, ist letztendlich auch egal. Auch wenn mich die neugierigen Blicke echt nerven. Denn heute haben mir die Blicke der Nachbarin eben das blöde Unkrautzupfen eingebracht. Zumal die Nachbarn alle Gärtner haben, die solche Arbeiten für sie erledigen. Da wird man doch gleich wieder zur Lachnummer.

Während ich also da im Beet rumstapfe und zwischen Unkraut und frischen Blumenstängeln kaum unterscheiden kann, flitzt Kim die Straße entlang. Danny wohnt ja am Ende der Straße, daher ist Kim häufig hier. Es nervt mich, dass sie noch immer mit diesem Deppen zusammen ist.

Und langsam frage ich mich, ob das alles Sinn macht. Oder ob Kim mich nur ausnutzt wegen Mathe und der Hausaufgaben halt. Liegt ihr überhaupt was an mir? Also an mir als Mann ... na ja, also, sowas wie. Aber fragen, das geht gar nicht. Denn dann würde sie mich vielleicht gar nicht mehr sehen wollen. Das wäre ja noch schlimmer.

»Hey Kim«, rufe ich also über den Zaun hinweg. Sie schaut zu mir und ich bekomme einen Schrecken. Sie weint!

Ich lasse alles stehen und liegen und springe auf. »Was ist passiert?«, frage ich atemlos und öffne das Gartentor, das mal wieder klemmt.

Kim lässt sich gegen mich fallen wie ein nasser Sack. »Es ist wegen Danny«, schluchzt sie. »Es ist alles aus.«

Ich spüre, wie sich eine wohlige Wärme in mir ausbreitet. Alles aus? Ich kann mir ein Grinsen nicht verkneifen, doch das kann sie zum Glück nicht sehen. Mutig lege ich Kim einen Arm um die Schultern. »Oh, das tut mir aber leid«, sage ich und versuche, wenigstens eine Spur von Anteilnahme in meine Stimme zu legen. Das geht mächtig in die Hose, aber Kim merkt es nicht.

»Willst du reinkommen?«, biete ich an und Kim lässt sich von mir in den Garten und auf einen Gartenstuhl schieben. Ich lasse mich auf die Bank daneben fallen und ärgere mich sofort über mich selbst. Es wäre natürlich klüger gewesen, Kim auch auf der Bank zu platzieren. Blödmann, ich!

Kim wischt sich die Tränen ab und sieht mich durch die Haare, die ihr vorm Gesicht hängen, an. »Er hat mit Pamela geknutscht. Am Wochenende auf der Party im Jugendheim. Kannst du dir das vorstellen?«

Da ich nicht mal weiß, wer Pamela ist, zucke ich mit den Schultern. Kim scheint meine Reaktion kaum zu interessieren. Sie plappert einfach weiter: »Ich konnte nicht auf die Party gehen, weil mein Vater Geburtstag hatte. Also ist Danny alleine hin. Mit seinen Kumpels. Doreen hat mir erzählt, dass sie die alle dort getroffen hat.«

Ich muss kurz an Luca denken und frage mich, ob er eigentlich immer noch in Doreen verknallt ist. Aber ich weiß es nicht. Komisch irgendwie.

»Und Doreen hat mir auch erzählt, dass Danny ganz früh mit Pamela abgehauen ist. Danny hat mir gesagt, dass es Pam nicht gut ging und er sie nach Hause bringen musste. Aber ich habe ihm das nicht geglaubt. Schon gar nicht, nachdem ich heute gesehen habe, wie Pam ihn angeschaut hat. Na, und dann habe ich ihn zur Rede gestellt und jetzt hat er es zugegeben.« Sie schluchzt laut auf. »Sie haben auf der Bank im Park geknutscht. Da, wo er mich das erste Mal geküsst hat.«

Das sind mir zu viele Details, die ich gar nicht hören will. Ich schalte ab und lasse Kim plappern. Immer wenn sie anfängt, wieder zu weinen, streichele ich ihren Rücken und komme mir ein bisschen draufgängerisch dabei vor. Ich hoffe nur, dass Mom nicht aus dem Fenster sieht. Oder schlimmer noch, genau in diesem Moment in den Garten kommt. Ich werde etwas nervös und beschließe, einem unangenehmen Zwischenfall zuvorzukommen.

»Warte mal, ich hole uns was zu Trinken«, sage ich, als Kim sich gerade ein wenig beruhigt hat und springe auf. Kim nickt abwesend. Schnell renne ich hinein und reiße eine Flasche Saft aus dem Kühlschrank. Saft! Wie uncool! Dass es bei uns aber auch nie Cola oder so gibt. Ich schnappe mir noch zwei Gläser und höre Mom dann im Wohnzimmer.

»Mom, pass auf. Ich habe Besuch und will keinesfalls gestört werden!«, rufe ich ihr zu.

»Ja, ich hab's schon gesehen. Ist das Kim, der du immer bei den Hausaufgaben hilfst?«, antwortet Mom aufgekratzt.

Na toll, sie hat schon rausgeschaut.

»Ja«, murre ich zurück. »Aber lass uns bloß in Ruhe!«

Mom steckt ihren Kopf in den Flur und zwinkert mir zu. »Klar. Aber soll ich euch vielleicht Brote schmieren? Ich habe auch noch diesen Kuchen im Tiefkühlschrank ...«

»Nein, auf gar keinen Fall! Bleib einfach hier und hör auf uns zu beobachten!«, motze ich.

»Ach, aber das ist doch so aufregend.« Sie grinst breit und ich beschließe, mich mit Kim doch besser hinter einer Tür zu verstecken, durch die man nicht so sehr beobachtet werden kann wie durch die gläserne Terrassentür.

Also flitze ich raus und sage zu Kim: »Sag mal, wollen wir nicht besser in mein Zimmer gehen?« Sie schaut mich skeptisch an. »Na ja, stell dir vor, Danny läuft hier vorbei und sieht dich so.« Das funktioniert. Kim nickt und wir gehen ins Haus.

Kim ist das erste Mädchen, das mein Zimmer sieht. Also, nicht nur das Zimmer im neuen Haus, sondern so überhaupt. Die Hausaufgaben haben wir entweder in der Schule gemacht oder in der Eisdiele. Ich bin mega aufgeregt, als ich die Tür öffne.

Klar, ich hab das Bett nicht gemacht. Und auf meinem Schreibtischstuhl liegt ein riesiger Berg Klamotten. Ganz obendrauf eine blau-weiß gestreifte Unterhose. Toll, echt. So unauffällig wie möglich versuche ich, sie unter den Schreibtisch zu befördern. Dann richte ich noch schnell die Bettdecke. Kim steht unschlüssig im Raum herum.

»So, bitte!« Ich deute auf das Bett und Kim setzt sich vorsichtig auf den Rand. Dann sieht sie mich lange an. So lange, dass mir ganz heiß wird. Hastig stelle ich die Saftflasche und die Gläser auf den Nachttisch. Nebenbei schiebe ich mit dem Fuß das zerstörte Physikmodell noch etwas tiefer unter das Bett.

»Du würdest sowas doch nicht machen, oder?«, fragt Kim nun. »Also, mit einem anderen Mädchen rummachen.«

Mein Kopfschütteln fällt vielleicht etwas zu heftig aus. »Nee, auf keinen Fall. Wenn man eine Freundin hat, muss man der doch treu bleiben. Vor allem, wenn es so ein tolles Mädchen ist wie du.« Oh Gott, das war jetzt voll auf die Zwölf. Ich baggere sie an. Einfach so. Mir zittern die Knie. Aber sie lächelt. Puh!

»Du findest, dass ich ein tolles Mädchen bin?«, fragt sie nun und wischt sich noch einmal über das Gesicht.

»Ja, klar. Das tollste von der ganzen Schule«, sage ich nun und bereue es sofort. Nicht cool genug und viel zu direkt.

Aber Kim strahlt. »Ach ja?« Sie klopft mit der Hand neben sich aufs Bett. »Und seit wann findest du das?«

Ich setze mich neben sie, gehe aber erst mal auf Nummer sicher und halte etwas Abstand. »Na ja, schon immer eigentlich.« Ich spüre, dass ich schon wieder rot werde.

Kim scheint das nicht zu merken. Sie kommt etwas näher und sieht mir tief in die Augen. »Du bist wirklich süß, Theo«, sagt sie und starrt immer weiter.

Mein Kopf spielt verrückt. Ich frage mich, was ich jetzt machen soll. Sie umarmen? Darf ich das? Will sie das überhaupt? Wäre das nicht viel zu aufdringlich? Immerhin hat sie bis eben noch geweint. Und sie hat einen Freund – vielleicht hat sie den aber auch nicht mehr. Hm. Soll ich ihre Hand nehmen? Oder einfach aufstehen und der Situation entkommen? Das wäre mir eigentlich am liebsten. Außerdem muss ich dringend aufs Klo. Jetzt sofort.

»Küss mich«, flüstert sie nun und in mir breitet sich Panik aus. Küssen? Nichts lieber als das, aber wie? Wie küsst man das absolute Traummädchen der Schule? Ihr Gesicht nähert sich meinem und ich muss etwas tun, also bewege ich mich auf sie zu.

Unsere Nasen stoßen zusammen. Peinlich. Ich will schon meinen Kopf zurückziehen und doch schnell die Flucht ergreifen, als sie meinen Kopf packt und mich küsst. Auf den Mund, einfach so. Alle Schmetterlinge, die in meinem Bauch wohnen, erwachen schlagartig und flattern los, als ginge es um Leben und Tod. Sie flattern so sehr, dass ich das Gefühl habe, selbst zu fliegen. Sie küsst mich. Noch einmal. Und als sie den Kopf zurückziehen will, lasse ich sie nicht. Es ist viel zu schön. Und darum küsse ich jetzt sie. Immer wieder. Es ist ganz leicht. Und wunderschön.

Nach ein paar Minuten fällt Kim lachend in die Kissen. »Lass mich mal wieder zu Luft kommen«, sagt sie und streicht sich die Haare glatt. Ich lehne mich an die Wand hinter uns und grinse dämlich. Ich spüre wirklich, dass dieses Grinsen dämlich ist, aber ich kann nichts dagegen tun. Es hört einfach nicht auf, denn ich bin der glücklichste Junge der ganzen Welt. Ich habe Kim geküsst. Nein, sie hat mich geküsst. Mich, Theo Kramer!

»Ich muss jetzt los«, unterbricht Kim meine Glückseligkeit. Ausgesprochen widerwillig lasse ich sie ziehen. Von mir aus hätte sie bleiben können. Heute, morgen, immer. Sie huscht die Treppe hinab und gibt mir an der Haustür noch einen Kuss auf die Wange. »Danke, dass du mir zugehört hast«, sagt sie und will schon gehen, doch ich greife ihre Hand und halte sie zurück. Ich habe jetzt Mut gefasst, ziehe sie an mich heran und küsse sie auf den Mund. Kurz erwidert sie meinen Kuss, reißt sich dann aber los, winkt und rennt lachend hinaus. Ich bleibe atemlos zurück.

14. KAPITEL

Als ich mich umdrehe, stehen Mom und Britta hinter mir. Beide strahlen mich an. Sie haben alles gesehen, echt toll.

»Ist Kim jetzt deine Freundin?«, fragt Britta.

»Sei nicht so neugierig«, ermahnt sie Mom und pikst ihr in die Seite. Dann hält sie kurz inne, lacht und sagt: »Obwohl ... ich will's auch wissen. Los, Theo, sag schon. Wie war's?«

Mit blitzenden Augen sehe ich die beiden an. »Merkt ihr noch was? Das geht euch überhaupt nichts an. Schlimm genug, dass ihr mir hinterherspioniert. Aber ausfragen lass ich mich nicht! Guckt euch eure Soaps im Fernsehen an!« Ich schnappe mir das Telefon, das im Flur steht und stapfe wütend die Treppe hoch.

In meinem Zimmer lasse mich aufs Bett fallen. Das Kissen riecht noch nach Kim. Und auf der Decke liegt ein Haar von ihr. Ein langes, blondes, wunderschönes Haar. Vorsichtig hebe ich es auf und wickele es um meine Nachttischlampe. Und dann wähle ich Lucas Nummer. Ich muss mit jemandem reden. Und da bleibt ja nur Luca, wer denn sonst?

Es klingelt und kurz darauf nimmt Antonia ab.

»Hey, Anti«, grüße ich fröhlich.

»Ah, Theo, dich gibt's also auch noch«, ist die Antwort. »Wie lebt's sich so unter Reichen, hm?« Ich höre einen Anflug von Spott in ihrer Stimme.

»Ganz gut, danke. Ist Luca da?« Meine Stimmung hat sofort einen Dämpfer bekommen. Blöde Anti. Da ist der Name Programm, echt.

»Mhm«, macht sie und reicht den Hörer grußlos an ihren Bruder weiter.

»Luca, lange nix von dir gehört, aber ich muss dir unbedingt was erzählen. Du wirst nicht glauben, wer gerade bei mir war und was dann passiert ist«, plappere ich los und als keine Reaktion kommt: »Rate!«

»Keine Ahnung, Mann. Der Weihnachtsmann hat dir ein vergoldetes BMX-Rad geschenkt«, antwortet Luca lustlos.

»Nein!« Langsam wird's mir zu blöd. »Kim war hier.

Stell dir vor, sie ist nicht mehr mit Danny zusammen, der hat fremdgeknutscht. Na ja, Kim war natürlich total traurig, da habe ich sie getröstet und dann ...« Nun flüstere ich ein wenig, weil ich Sorge habe, dass Britta oder meine Mom vor der Tür stehen und lauschen: »... dann haben wir uns geküsst. Richtig lange.«

»Super. Dann seid ihr jetzt zusammen?«, höre ich von Luca. Die Stimme meines Freundes klingt sowas von teilnahmslos, dass ich wütend werde.

»Alter, interessiert dich das denn gar nicht?«, fauche ich in den Hörer.

»Theo, ich habe gerade echt andere Sorgen als deine Weibergeschichten. Meine Oma ...«

Nun bin ich richtig sauer. »Wenn man dich einmal braucht! Lass mich doch mit deiner Oma in Ruhe. Ist ihre Pasta zu hart geworden? Oder ist der Zitronenbaum im verdammten Garten umgefallen?«

Das Nächste, was ich höre, ist ein KLICK. Luca hat einfach aufgelegt, der Idiot. Ich werfe das Telefon aufs Bett und schmolle. Auf so einen Freund kann ich echt verzichten. Wir haben ja eh seit Wochen nichts mehr miteinander zu tun. Luca kümmert sich einen Scheiß um mich, hat mich auch erst einmal im neuen Haus besucht. Vermutlich ist er neidisch, weil er noch immer in der blöden Siedlung festhängt. Und jetzt macht er mir das mit Kim kaputt. Dabei hatte ich so gute Laune. Mit einem Wisch schafft der Penner es, das zu zerstören.

Ein Klopfen reißt mich aus meinen düsteren Gedanken.

»Ja?«

Mom tritt ein. Sie trägt ein Tablett in der Hand, auf dem ein Glas Saft – immer dieser blöde Saft! – und ein Teller mit aufgebackener Pizza steht.

»Ich dachte, du hast vielleicht Hunger.« Vorsichtig stellt sie das Tablett auf meinem Schreibtisch ab.

»Darf ich mich zu dir setzen?«, fragt sie nun, nicht minder vorsichtig. Ich zucke lustlos mit den Schultern und schon sitzt sie neben mir.

»Schnuppel…, äh, Theo, es tut mir leid. Ich wollte dich nicht beobachten. Aber du bist doch mein einziges Kind und jetzt wirst du plötzlich erwachsen. Das ist so spannend und gleichzeitig macht es mir ein wenig Angst.« Sie seufzt und lächelt mich an. »Auf alle Fälle freue ich mich, dass du jetzt eine Freundin hast. Oder sowas in der Art. Und ich verspreche dir, dass ich nächstes Mal nicht mehr spionieren werde.«

Eine Weile sagen wir nichts. Schließlich tätschelt Mom meinen Rücken. »Deine Pizza wird kalt.« Sie erhebt sich und will schon gehen, als ihr noch was einfällt: »Wir haben heute übrigens den Mietvertrag für den Laden unterschrieben. René hat uns geholfen. Nächsten Monat können wir rein.«

»Wow. Freut mich für euch«, sage ich und meine es auch so, weil ich weiß, wie wichtig den beiden das ist. Mom lächelt und schließt dann die Tür. Ich stürze mich auf die Pizza und denke nach. Freundin. Das hat Luca gesagt und Mom auch. Ist Kim jetzt meine Freundin? Weil wir geknutscht haben? Muss ich sie da nicht fragen? Ihr meine Liebe gestehen? Sollte ich ihr einen Brief schreiben? Eine CD mit meinen Lieblingsliedern schenken? Ich hab keine Ahnung. Und ich weiß auch nicht, wen ich fragen soll. Britta oder Mom ganz sicher nicht. Luca? Im Leben nicht! Anti hätte ich vielleicht fragen können. Früher. Jetzt ist sie auch so komisch.

Plötzlich fühle ich mich einsam. Dabei will ich doch nur an Kim und mich denken. Ich werde einfach abwarten, was morgen passiert, wenn wir uns wiedersehen. Ich kuschele mich in mein Bett, drücke meine Nase fest ins Kissen, schiebe alle blöden Gedanken aus meinem

Kopf und denke an Kim, ihr weiches Haar, ihre weichen Lippen und schlafe irgendwann selig vor Glück ein.

Am Morgen gebe ich mir bei der Auswahl meiner Klamotten besonders viel Mühe. Und ich räume mein Zimmer auf, falls Kim nach der Schule mitkommen möchte. Im Bad stehe ich lange vor dem Spiegel. Nicht nur, um meine Haare in Form zu bringen. Vielmehr frage ich mich, ob ich anders aussehe. Ob man mir ansieht, dass ich gestern geknutscht habe. Ob ich erwachsener aussehe. Ich krieche beinah in den Spiegel hinein. Ist da vielleicht ein Barthaar über Nacht gewachsen? Hm, nee, nur ein Fussel.

Seufzend gehe ich in die Küche, belege mir ein Brot und flitze los zur Schule. Vielleicht treffe ich Kim ja schon auf dem Schulweg. Das wäre mir lieber als vor allen Leuten. Doch der Einzige, den ich treffe, ist Luca. Der sieht echt scheiße aus, aber das ist mir egal. Wir grüßen uns nur kurz und wortlos und gehen schweigend weiter. Mit Abstand.

Die nächste Ernüchterung erwartet mich im Klassenzimmer, als Kims Platz leer bleibt. Irgendwie bin ich auch froh, denn so bleibt mir die Peinlichkeit unseres ersten gemeinsamen Auftritts erspart. Ich starre die gesamte erste Stunde auf Doreens Rücken und frage mich, ob sie was weiß. Ob Kim mit ihr telefoniert und von uns erzählt hat. Irgendwann wirft Doreen mir einen finsteren Blick zu, der auch nicht freundlicher wird, als ich ihr lässig zunicke. Hm, vermutlich hat sie noch gar nicht mit Kim gesprochen. Was komisch ist. Aber wer weiß, vielleicht hat Kim gestern mit niemandem mehr telefoniert.

In der Pause schlendere ich alleine über den Hof. Luca steht mit Antonia und zwei ihrer Freundinnen herum und ich werde einen Teufel tun zu ihnen zu gehen. Das Alleinsein passt mir aber auch ganz gut, denn so kann ich Danny besser beobachten. Auch der sieht heute echt mitgenommen aus. Mit hängenden Schultern steht er da mit seinen Leuten rum und wirkt völlig teilnahmslos. Ich frage mich, ob eins der Mädchen Pamela ist, finde es aber nicht heraus.

Die sieben Stunden vergehen heute gar nicht. Ich fühle mich unwohl mit dem schweigenden Luca neben mir, dem leeren Stuhl von Kim vor mir und den tausend Fragen in mir. Und weil mich das alles ganz verrückt macht, beschließe ich, Kim nach der Schule zu besuchen. Um nach ihr zu sehen. Das mache ich dann auch. Ich stürze als Erster aus der Klasse und renne los zur Vogelsiedlung. Kim wohnt in der R8.

Als ich mich der Siedlung nähere, fühle ich mich plötzlich geborgen. Mein alter Schulweg, mein altes Zuhause. Ich war ein paar Wochen nicht hier, aber es sieht alles aus wie immer. Vor unserem ehemaligen Haus bleibe ich stehen und sehe nach oben zu unserem Küchenfenster. Da hängt jetzt eine merkwürdige Gardine. Und an meinem Fenster kleben Bilder von Winnie Puuh und Mickey Mouse. Ich seufze und laufe weiter zur R8. Dort klingele ich und tatsächlich ertönt kurz darauf der Summer. Aufgeregt renne ich in den dritten Stock, wo Kim an den Türrahmen gelehnt steht.

»Du?«, fragt sie und ich bleibe nickend stehen. Kurz sehen wir uns ratlos an, dann gehe ich auf sie zu. Der Kuss, den ich ihr geben will, landet ungeschickt mitten in ihrem Gesicht.

»Ich wollte wissen, wie es dir geht«, sage ich unbeholfen. »Du warst ja gar nicht in der Schule heute.«

Kim verzieht das Gesicht. »Na ja. War ziemlich viel gestern. Ich habe ganz schönen Hirnsalat.«

»Klar!« Ich nicke verständnisvoll und greife nach ihrer Hand. »Ich auch«, flüstere ich noch und schaue sie sanft an.

»Doreen kommt mich gleich besuchen«, sagt Kim nun und legt ihren Kopf schief.

»Oh.« Ein klarer Rauswurf.

»Ich muss mit jemandem über all das reden, weißt du.«

Wieder nicke ich. Ja, ich hätte auch gerne jemanden zum Reden. »Du kannst auch mit mir ...«, fange ich unsicher an und Kim lacht kurz auf.

»Du bist lieb. Danke. Aber ich brauche ein echtes Mädchengespräch, weißt du?« Sie drückt meine Hand.

»Klar, aber vielleicht telefonieren wir nachher noch?«, frage ich mutig.

Kim nickt. »Ich ruf dich an.«

»Cool! Dann bis nachher«, sage ich und gebe ihr zum Abschied einen Kuss. Der landet diesmal auf ihrem Mund, aber irgendwie fühlt es sich anders an als gestern.

15. KAPITEL

Ich warte den ganzen Nachmittag und Abend vor dem Telefon auf Kims Anruf, aber der kommt nicht. Nur einmal klingelt das Telefon, aber es ist René, der Britta zum Essen einladen will. Um 22 Uhr gebe ich auf. Vielleicht hat das Gespräch mit Doreen so lange gedauert. Vielleicht übernachtet Doreen bei Kim, wer weiß. Oder sie hat die Klassentelefonliste verlegt. Ich kann nur hoffen, dass sie morgen wieder in der Schule ist.

Am nächsten Morgen gehe ich eine Viertelstunde früher los und mache einen Umweg über die Vogelsiedlung. Vor der R8 bleibe ich stehen und warte. Kim kommt kurz darauf aus dem Haus und sieht mich verwundert an.

»Ich hab mir Sorgen gemacht. Du wolltest doch gestern noch anrufen«, versuche ich meine überraschende Anwesenheit zu erklären.

»Ja, ich … also … Doreen war so lange da und dann …« Sie atmet tief ein, sagt aber nichts mehr.

»Kein Problem«, winke ich ab. »Ich wollte ja nur wissen, ob es dir heute wieder gut geht.«

»Schon besser, ja«, sagt sie nun und senkt den Kopf.

Weil mich diese Rederei um den heißen Brei herum nervt, starte ich einen Angriff: »Und ich wollte dich fragen, ob wir heute nach der Schule was zusammen machen wollen.«

»Oh, das geht nicht.« Sie schaut noch immer auf den Boden.

»Ah«, mache ich wissend. »Schwimmen?«

Kim schüttelt den Kopf. »Nein.« Nun hebt sie leicht den Kopf und schaut mich zwischen ihren Ponyfransen hindurch an. »Ich treffe Danny. Wir müssen reden. Über uns.«

Ich reiße die Augen auf. Das sind ja mal Neuigkeiten! Vielleicht ist sie ja jetzt doch meine Freundin. Wow. Ich höre die anderen auf dem Schulhof schon tuscheln: *He, hast du gehört? Kim ist jetzt mit Theo zusammen. Soll ja ein phänomenaler Küsser sein und überhaupt ein*

Spitzentyp. Auch wenn man das auf den ersten Blick kaum vermutet. Obwohl … ich wusste das eigentlich schon immer. Ja, das könnte mir gefallen. Dennoch … mit Danny über uns reden? Ist das nötig? Vielleicht sollte besser ich mit ihm reden, vielmehr meine Fäuste mit seinem Gesicht sprechen lassen. Obwohl, nein, eigentlich müsste ich ihm ja dankbar sein, dass er fremdgeknutscht hat. Ach, soll Kim doch mit der Pfeife reden.

»Also, ich weiß nicht, ob ihn das mit dir und mir was angeht, aber gut, mach mal«, sage ich gelassen und schiebe dabei meine Hand so lässig in meine Hosentasche, wie ich es bei Danny gesehen habe. Ob ich Kim mit der anderen Hand jetzt an mich ranziehen soll? Dann wären wir uns endlich mal wieder etwas näher und könnten vielleicht noch ein bisschen knutschen.

Kim schüttelt den Kopf. »Nein, wir müssen über ihn und mich reden. Er bereut das mit Pam total. Und ums genau zu nehmen«, sie lächelt und schaut mich verlegen von der Seite an, »sind wir ja jetzt auch quitt.«

Es dauert einen Moment, aber dann verschlägt es mir den Atem.

»Quitt? Was soll das denn heißen?«, zische ich.

»Na ja, er hat fremdgeknutscht und ich hab's auch

getan.« Kim streichelt mir den Arm. »Theo, du findest schon noch ein Mädchen, das besser zu dir passt.«

Ich explodiere. »Weil du viel zu cool für mich bist, was?«, schreie ich sie an. »Darum geht es dir doch nur. Lieber bist du mit einem Affen wie Danny zusammen, statt mit jemandem, der alles für dich tun würde.«

Kim legt beschwichtigend den Finger auf ihren Mund, aber ich bin nicht mehr zu bremsen. Ich koche vor Wut. Weil es so schön war und weil nun alles wie eine Seifenblase zerplatzt. Und weil ich es gleich hätte wissen müssen. Und weil es einfach tierisch wehtut. »Du hast mich vom ersten Moment an nur benutzt. Erst für die Matheaufgaben und dann, um dich an Danny zu rächen. Du hast nur an dich gedacht. Immer. Dass du mir damit wehtust, ist dir scheißegal.«

»Theo, es tut mir leid, ehrlich. Ich war so verwirrt an dem Tag und du warst so lieb zu mir.«

»Pah«, mache ich und wende mich zum Gehen. »Geh doch zu deinem bescheuerten Danny zurück. Aber wehe, du kommst dann noch mal zu mir!«, schreie ich quer über die Straße.

Am anderen Ende sehe ich Luca und Antonia stehen, die die Szene mit offenen Mündern verfolgen. Die haben mir gerade noch gefehlt. Ich drehe ab und renne, renne einfach weg, weit weg.

Zur Schule schaffe ich es an diesem Tag nicht mehr. Ich irre durch die Stadt, überlege, was ich tun soll. Dannys Haus anzünden, ihm die Fresse polieren. Tausend Rosen für Kim kaufen. Mich ertränken. Schließlich gehe ich nach Hause. Das scheint erst mal die beste Option zu sein. Zum Glück ist niemand da, sonst hätte ich vermutlich noch einen Anpfiff bekommen, weil ich die Schule geschwänzt habe. Aber so schließe ich mich in mein Zimmer ein und grolle, heule, schreie und wüte. Ich bemitleide mich selbst, höre megalaut Musik, zerfetze mein Matheheft und werfe meinen Schulrucksack und mein Mathebuch an die Wand. Ein dicker Brocken Putz rieselt auf mein Bett. Na toll, auch das noch.

Am Nachmittag klopft Mom an meine Tür. »Theo, alles okay?«

»Nein«, brülle ich. »Lass mich!«

Mom öffnet trotzdem die Tür und kommt rein. Ich glaube, sie weiß sofort, als sie mich sieht, was los ist.

»Du auch?«, fragt sie mitfühlend. Ich ziehe fragend

die Augenbrauen zusammen und sie erklärt: »Britta hat auch Liebeskummer. Wegen René.«

»Ach ja?« Interessiert mich nicht die Bohne.

»Mhm«, macht Mom. »Komm doch mit runter. Ich habe Gnocchi gekocht und Britta hat Eis gekauft.«

Gnocchi und Eis. Hm, das klingt verlockend. Außerdem knurrt mein Magen schon seit Stunden. Also gebe ich mir einen Ruck und folge ihr in die Küche. Auf der Treppe legt sie mir den Arm um die Schultern und das tut gut. Gequält lächele ich sie an.

In der Küche sitzt Britta am Tisch und sieht total zerstört aus. Make-up verschmiert, Haare zerzaust. Ich setze mich neben sie. Als wir uns angucken, müssen wir beide lachen. Weil wir so scheiße aussehen und uns vermutlich ähnlich scheiße fühlen.

Und dann erzählt Britta. Dass sie gestern Streit mit René hatte, der ihr schon wieder eine neue Anlagestrategie präsentiert hat. Das hat Britta so genervt, dass sie ihm endlich gesagt hat, die halbe Million sei größtenteils weg und der Rest des Geldes schon komplett verplant. Daraufhin wurde René wütend, dass das Geld verprasst wurde, und Britta hat nun das Gefühl, dass er es von Anfang an nur auf ihre Kohle abgesehen hatte. Und weil Britta so offenherzig alles erzählt, was sie bedrückt, berichte auch ich in Kurzform, was zwischen mir und Kim vorgefallen ist. Natürlich verzichte ich darauf, zu erwähnen, dass wir uns geküsst haben. Das wissen sie ja eh schon. Aber es tut gut, endlich mit jemandem zu reden – auch wenn ich lieber mit jemandem in meinem Alter reden würde. Aber die beiden sind echt lieb.

»Theo, das gehört dazu. Leider. Man macht so viele miese Erfahrungen, bis man an den Richtigen gerät«, philosophiert Mom und räumt die Teller beiseite.

»Falls es den überhaupt gibt«, wirft Britta ein und knallt drei riesige Eisbecher auf den Tisch. »*Wir* waren da bislang nicht sonderlich erfolgreich.«

»Das stimmt«, sagt Mom und seufzt. »Aber wir haben uns. Und unsere Freunde.«

»Ich habe vorhin übrigens Sweti und Zofia getroffen. Am Sonntag ist das Sommerfest in der Siedlung«, erzählt Britta.

»Oh, da sollten wir unbedingt hingehen«, jubelt Mom. »Ein paar Leute wiedersehen. Da können wir gleich Werbung machen für den Beautysalon. Vielleicht finden wir auch ein paar Leute, die uns beim Renovieren helfen.«

»Gute Idee«, freut sich Britta.

»Ja«, sage ich zwischen zwei Löffeln Eis. »Vielleicht kann sich dann ja auch jemand das Loch ansehen, das ich heute in die Wand gehauen habe.«

Nun starren mich zwei entsetzte Augenpaare an.

»Ja, sorry, ich war wütend. In der Siedlung hat's nie gerieselt, wenn man mal was an die Wand geworfen hat.« Ich werde ganz klein auf meinem Stuhl. »Na ja, auf alle Fälle gehen wir zum Sommerfest«, lenke ich schnell vom Thema ab.

Obwohl mir bei dem Gedanken an ein Fest in der Siedlung ein wenig mulmig zumute ist. Wegen Luca und seiner Familie. Anti ist auch so blöd in letzter Zeit. Und vielleicht ist Frau Bertani sauer, weil ich mich so lange nicht mehr bei denen hab blicken lassen. Die möchte ich eigentlich alle nicht treffen. Und Kim schon gar nicht. Aber die kommt vermutlich eh nicht zum Fest. War sie letztes Jahr auch nicht. Ist halt nicht cool genug.

Trotzdem sind die Sommerfeste immer der Burner. Die Hausverwaltung stellt Getränke und die Mieter bringen Essen mit. Dazu gibt es Musik. Eine richtige Liveband. Luca und ich hatten immer mächtig Spaß. Dieses Jahr wird das wohl anders. Weil wir nicht mehr dazugehören. Und weil Luca ein Penner ist. Und um endgültig von der Sache mit dem Loch in der Wand abzulenken, erzähle ich Mom und Britta auch noch von dem Streit mit Luca.

Es tut echt gut, sich mal alles von der Seele zu reden. Helfen können sie mir trotzdem nicht, nur kluge Sprüche klopfen wie »Du solltest mit ihm reden« oder »Er ist doch dein bester Freund. Um Freundschaft muss man kämpfen.« Auf die Ratschläge kann ich verzichten, aber sich ausgekotzt zu haben, hilft. Und als die Eisbecher leer sind, lachen Britta und ich schon wieder ein bisschen. Mom zeigt uns Kataloge mit Einrichtungszeug für den Laden und ich sehe das Funkeln in ihren Augen, das da viel zu selten ist.

Gestört wird unsere Plauderei durch das Klingeln des Telefons. Britta und ich schrecken hoch, sehen uns an und es ist klar, was sich jeder von uns in diesem Moment wünscht. Mom hebt schließlich ab und es ist tatsächlich René. Britta verzieht sich mit dem Telefon und Mom klopft mir aufmunternd auf die Schulter. »Keine Sorge, auf dich warten noch so viele andere Mädchen.«

Mag sein, aber ich wollte nun mal Kim. Keine andere. Prompt verfalle ich wieder in Frust. Das bessert sich auch nicht, als Britta zehn Minuten später freudestrahlend und mit roten Wangen verkündet: »René will mich treffen. Es tut ihm leid. Und unser Geld ist ihm völlig egal.« Sie wirbelt in der Küche herum, bremst sich aber, als ihr Blick auf mich fällt. »Das wird schon, Theo, keine Sorge. Wenn nicht mit Kim, dann mit einer anderen.«

Boah, ich kann's nicht mehr hören. Für heute ist mein Bedarf an weiblichem Input dann doch gestillt und ich verziehe mich. Ist eh spät geworden.

16. KAPITEL

In der Nacht schlafe ich mies. Albträume ohne Ende. Dementsprechend sehe ich am nächsten Morgen aus. Ist mir aber auch egal. In einem abgewetzten T-Shirt und mit ungekämmten Haaren hetze ich in die Schule, um nicht zu spät zu kommen.

Vor dem Klassenraum renne ich in Luca, der schon wieder so fertig aussieht. Lässt sich voll gehen und ich frage mich, wie es ihm eigentlich geht. Aber *ihn* kann ich nicht fragen. Es ist, als wäre da eine unsichtbare Mauer zwischen uns. Also stürze ich wortlos in die Klasse und setze mich. Kim ist wieder da. Sie wirft mir einen verstohlenen Blick zu. Ja, sieh nur genau hin. Sieh, was du aus mir gemacht hast. Ein Wrack.

In der Pause verziehe ich mich wieder in die hinterste Ecke des Schulhofs. Mein Beobachtungsposten.

Kim steht bei Danny und seiner Crew. Doreen auch. Die lehnt sich an einen Typen, dessen Namen ich nicht kenne. Ob das der Grund ist, weshalb Luca so mies drauf ist? Womöglich hat er auch Liebeskummer. Vielleicht sollte ich doch mit ihm reden. Mein Blick schweift über den Hof, bis ich ihn sehe. Er steht wieder bei Anti und ihren Mädels. Und er lacht. Nach Liebeskummer sieht das nicht gerade aus. Trotzdem stimmt irgendwas mit ihm nicht. Anti schaut zu mir herüber. Ich will mich erst wegdrehen, aber dann hebe ich doch die Hand zum Gruß. Sie lächelt ein wenig und irgendwie freut mich das, weshalb ich ganz vorsichtig zurücklächele.

Als ich die sechs Stunden hinter mich gebracht habe, gehe ich nach Hause. Dort schnappe ich mir mein Fahrrad und drehe eine riesige Runde. Auspowern und den Kopf freikriegen. Zum Glück ist jetzt erst mal Wochenende. Irgendwann komme ich an der Vogelsiedlung vorbei und überlege, bei den Bertanis zu klingeln. Aber ich mach's nicht.

Stattdessen radele ich nach Hause. Mom ist schon da und studiert wieder ihre Kataloge. Wenn's nach ihr ginge, würde der Beautysalon eher heute als morgen eröffnen, aber so schnell geht das alles nicht. Der Laden ist ziemlich versifft.

»Hallo, da bist du ja endlich«, grüßt sie mich fröhlich. »Du hast Besuch.« Und nach einer kleinen Pause: »Damenbesuch.«

Ich spüre, wie mein Herz hüpft und noch bevor Mom was sagen kann, renne ich die Treppen hinauf und stürze in mein Zimmer. Auf dem Bett sitzt Anti. Ich lasse die Schultern fallen. Was für ein Reinfall. Aber habe ich tatsächlich damit gerechnet, dass Kim zu mir kommt?

Anti sieht mir meine Enttäuschung an. Ihr Lächeln verschwindet sofort. »Hey, ich ... tut mir leid.« Sie erhebt sich. »Ich hätte nicht herkommen sollen. Ich wollte nur mit dir reden.«

Jetzt tut's mir leid und irgendwie freue ich mich ja auch, dass sie da ist. »Nein, bleib doch. Bitte.«

Sie sieht sich unsicher um, setzt sich dann aber doch wieder hin. »Na gut. Aber nur kurz.«

Ich setze mich auf meinen Schreibtischstuhl und heute ist es mir egal, dass vor meinem Bett dreckige Socken liegen.

»Ich wollte dir sagen ... also, wegen Luca«, stammelt Anti herum.

»Ja? Was ist mit dem los? Der sah die letzten Tage echt mies aus.«

Antonia lacht auf. »Das sagt ja gerade der Richtige!«

Peinlich berührt fahre ich mir mit der Hand durch die Haare.

»Egal«, fährt Anti fort. »Es geht um unsere Oma in Italien. Sie ist gestürzt, Oberschenkelbruch und schwere Gehirnerschütterung. Sie lag im Krankenhaus und es war die ganze Zeit über nicht klar, ob sie da wieder rauskommt.«

»Oh«, mache ich betroffen. Ich weiß, dass Luca seine Oma sehr liebt.

Anti nickt. »Ein paar Tage bevor du bei uns angerufen hast, kam die Nachricht aus Italien.«

»Oh«, mache ich noch einmal, denn mir wird klar, wie dermaßen daneben ich mich verhalten habe. Ich muss an den Anruf denken und mir fällt ein, dass Luca sagte, dass er ganz andere Sorgen hat als meinen Weiberkram. Das habe ich aber einfach runtergespielt. Was für ein Scheißfreund ich doch bin. Ich stütze meinen Kopf auf die Hände.

»Keine Sorge, es geht ihr jetzt schon besser. Aber Luca ist ganz schön traurig. Weil du dich so verändert hast.« Antonia rutscht auf dem Bett hin und her und ich sehe sie verwundert an.

»Hä? *Ich* soll mich verändert haben? Ich finde, Luca hat sich verändert. Er ist so uninteressiert an allem. Seit wir hier wohnen ist er total anders.«

Anti seufzt. »Ich glaube, er denkt, er ist dir jetzt nicht mehr gut genug. Du hattest ja keine Zeit mehr für ihn.«

»Na ja, wir waren mit dem Umzug beschäftigt«, wende ich ein.

»Was weiß ich. Ich wollte dich nur bitten, einen Schritt auf Luca zuzugehen. Du fehlst ihm.« Sie macht eine Pause und fährt mit dem Zeigefinger die Bettkante entlang. »Und mir auch.« Dann erhebt sie sich ruckartig und räuspert sich. »Kommt ihr zum Sommerfest?«

Ich nicke. »Ja, ich denke schon.«

»Schön«, sagt sie jetzt und lächelt ein wenig dabei. »Das freut mich. Vielleicht kannst du ja dann mit Luca reden.«

»Das mache ich. Versprochen.« Ich erhebe mich ebenfalls, denn Antonia steuert auf die Tür zu. Für einen kurzen Moment bleiben wir unentschlossen stehen, dann greift sie nach der Klinke.

»Gut, ich werde dann mal. Bis Sonntag!«

»Ja, bis Sonntag. Danke, dass du da warst.«

Sie ist schon halb draußen, als sie sich noch einmal umdreht und sagt: »Und das mit Kim ... also, weißt du, ich ... ach, vergiss es.« Schnell rennt sie die Treppe hinunter und ist weg.

Ich bleibe verwirrt zurück. Das mit Luca ist wirklich merkwürdig. Dass er denkt, er wäre nicht mehr gut genug für mich. So ein Quatsch. Und dass innerhalb einer Woche zwei Mädchen zu mir zu Besuch kommen, verwirrt mich auch. Ich überlege, Luca anzurufen, mache es aber nicht. Wir sehen uns ja in zwei Tagen.

»Theo«, höre ich Britta von unten rufen. Ich stecke meinen Kopf durch die Tür.

»Was denn?« Für heute reicht es mir mit Überraschungen.

»René ist da und würde sich mal das Loch in deiner Wand ansehen«, ruft sie.

»Okay!« Und schon stapfen René und Britta in mein Zimmer.

»Junge, da hast du ja ganze Arbeit geleistet!«, sagt er, als er das Loch begutachtet. Er bohrt etwas im Putz rum und sagt dann mit verkniffenem Gesicht: »Das sieht nicht gut aus. Ganz feucht. Kann es sein, dass ihr Schimmel im Haus habt?«

»Ja, im Brotkasten vielleicht«, lacht Britta.

René ist aber nicht nach Lachen zumute. »Nein, ich meine in den Zimmern oder im Keller. Sieht aus, als käme die Feuchtigkeit vom Dach. Vielleicht ist das undicht und es regnet rein. Hat euch der Makler nichts gesagt?«

Britta schüttelt den Kopf und René fragt weiter: »Habt ihr denn einen Sachverständigen hinzugezogen?«

»Wofür?«, fragen wir und René schlägt die Hände über dem Kopf zusammen.

»Na, damit jemand das Haus auf mögliche Schäden oder Mängel begutachtet. Oder kennt ihr euch damit so gut aus?« Er schüttelt den Kopf und zückt dann sein Handy, auf dem er wie wild herumtippt.

»Muss man das denn? Dafür gibt es doch Makler, die kennen sich aus, oder nicht?« Brittas Wangen haben sich ein wenig rot verfärbt.

»Pscht«, macht René nun und legt wütend einen Finger auf den Mund. Das Handy presst er gegen sein Ohr. »Mike, bist du das? Ja, prima, du hör mal, ich brauche deine Hilfe.« Damit verlässt er mein Zimmer und wandert über die Treppe hinunter in die Küche. Britta und ich sehen uns ratlos an und laufen hinterher. Nach ein paar Minuten hat René aufgelegt.

»In einer Stunde kommt mein alter Kumpel Mike vorbei. Der kennt sich mit sowas aus und schaut sich das Haus mal genau an.«

Tatsächlich klingelt es später an der Tür und René führt Mike durch das gesamte Haus. Britta, Mom und ich folgen den beiden schweigend. Nach einer halben Stunde gibt es die Diagnose von Mike: »Tja, das Dach scheint irgendwo undicht zu sein. Hier hat's schon eine ganze Weile reingeregnet. Bis in den Keller. Alles voller Schimmel. Da muss ein Schadstoffsanierer ran. Und das Dach muss auch gemacht werden. Das kann ich von hier jetzt nicht beurteilen, aber das wird alles ein ziemlicher Aufriss. Und teuer! Außerdem solltet ihr so schnell wie möglich hier raus. Schimmel ist gesundheitsschädlich.«

Während René sich noch von Mike verabschiedet, fallen Mom, Britta und ich platt auf die Couch. Das ist ein echter Hammer.

»Irgendwie werde ich das Gefühl nicht los, dass es

nicht sein soll, dass wir hier wohnen«, sagt Britta nach einer Weile.

»Aber es ist doch so schön!«, wendet Mom ein.

»Ja, das schon«, antwortet Britta und wir schweigen lange. Keiner traut sich, seine Gedanken auszusprechen.

17. KAPITEL

Am Samstag redet kaum einer zu Hause. Mom putzt den ganzen Tag, Britta zockt auf dem Computer Onlinespiele, was sie sonst nie tut. Umso mehr macht es mir Sorgen. Tja, und ich hänge ratlos und lustlos herum, blase Trübsal und mache dreitausend Kreuze, als der Tag vorbei ist.

Sonntagfrüh treffen wir in der Küche aufeinander. Wirklich gut drauf ist noch immer keiner. Und weil mir das langsam auf den Senkel geht, fange ich eben das Gespräch an: »Was is'n jetzt mit dem Sommerfest? Geht ihr da hin oder nicht?«

»Hm«, macht Britta und bestreicht ihr zweites Brötchen mit Marmelade. »Ein bisschen Ablenkung könnte uns allen guttun, oder?«

»Also, ich weiß nicht«, sagt Mom. »Ich habe gar keine Lust, mit irgendwem zu reden.«

»Aber die würden sich bestimmt freuen uns zu sehen, meinst du nicht, Theo?«, nuschelt Britta zwischen zwei Bissen Brot.

Da bin ich mir leider nicht so sicher. Obwohl mir das mit Luca und seiner Oma leidtut, bin ich nicht so wirklich scharf darauf ihn zu treffen. Andererseits ist mir klar, dass wir dieses Missverständnis aus der Welt schaffen müssen. Ich seufze. »Hm, ja, vielleicht schon.«

Nun haut Britta lautstark mit der Faust auf den Tisch. »Also, jetzt reißt euch mal zusammen, ihr zwei. Diese Grabesstimmung hält ja kein Mensch aus. Wir gehen nachher aufs Sommerfest und haben mal wieder so richtig Spaß. Keine Widerrede.«

Schweigend mümmeln wir unser Frühstück auf. Ich frage mich, wie das wohl heute wird. Mein Magen drückt ein bisschen, aber ich werde das schon hinkriegen. Und es muss ja auch sein.

Es ist Mom, die das Thema, das wir seit zwei Tagen zu umschiffen versuchen, dann doch anspricht, während sie Butter und Wurst in den Kühlschrank räumt: »Wir müssen hier raus. Das mit dem Schimmel ist gefährlich. Man kann davon Asthma bekommen. Oder Allergien.«

Britta holt tief Luft. »Ja, aber wo sollen wir denn hin? Ich könnte eine Weile bei René unterkommen. Aber für uns alle hat er keinen Platz. Und ich will euch nicht alleine lassen.«

Mom stützt den Kopf auf die Hände. »Viel schlimmer ist, dass ich nicht weiß, wo wir das Geld für die Sanierung hernehmen sollen.«

Nun mache ich mir auch Sorgen. »Haben wir denn nichts mehr?«

Britta winkt ab. »Doch, aber das brauchen wir für den Laden. Da muss einiges gemacht werden. Und wir brauchen zwei Kosmetikliegen, Maniküresets, Tische, ... Soll doch auch schön aussehen.«

»Ich rechne das nachher alles mal durch und dann sehen wir weiter«, schlägt Mom vor, aber beruhigen tut das niemanden von uns.

Zwei Stunden später gehen wir los zur Siedlung. Als wir das Haus verlassen, sehen wir, wie Frau Wagner in ihrem Garten vor dem Teich steht. Sie winkt uns zu. »Hallöchen!«, ruft sie und wir bleiben verwundert stehen. Nach der Abfuhr bei unserer Vorstellung haben wir uns gegenseitig eher ignoriert.

»Schauen Sie mal, wir haben jetzt Kois. Direkt aus Japan importiert. Die haben ein Vermögen gekostet.« Ich habe das Gefühl, dass Frau Wagner extra laut spricht, damit auch gleich alle anderen Nachbarn von dieser Neuigkeit erfahren. Wir nicken höflich und ich will schon weitergehen, als ich sehe, dass Mom ansetzt, um ihr zu antworten. Schnell ziehe ich sie hinter mir her.

Britta wirft Frau Wagner noch ein »Tschüsselchen« zu und dann schlendern wir die Straße entlang zur Siedlung.

»Die nervt echt«, sage ich und freue mich plötzlich doch auf das Sommerfest und auf ein Wiedersehen mit Swetlana und Janek, den Kowalskis, Frau Weber, den Zwillingen und sogar ein bisschen auf Herrn Kaya.

Und als wir bei der Siedlung ankommen, werden wir total herzlich begrüßt. Alle freuen sich uns zu sehen. Zofia ist richtig gewachsen in den letzten Wochen. Sweti hat jetzt rote Haare. Frau Weber braucht zum Laufen einen Stock, aber sie sieht trotzdem ganz zufrieden aus. Herr Kaya haut mir vor Freude so sehr auf den Rücken, dass mir die Spucke wegbleibt. Und plötzlich sind auch die Bertanis da. Frau Bertani nimmt mich in die Arme und drückt mich fest, Herr Bertani hebt Mom hoch und wirbelt sie in die Luft. »*Che piacere!* Wie schön, euch zu sehen!« Auch Anti scheint sich zu freuen. Es ist wirklich toll. Nur Luca bleibt im Hintergrund. Ich sehe ihn erst gar nicht, denn es sind zu viele Menschen um uns rum. Doch irgendwann legt sich der Trubel. Britta sitzt mit Sweti und der Kleinen auf einer Bank, Mom redet mit Herrn Bertani und Herrn Kaya. Tja, und da sehe ich Luca mit einem Würstchen in der Hand auf der Bank der Schattenseite sitzen.

Ich bin unentschlossen, denn ich weiß nicht, was ich sagen soll. Da höre ich ein »Nun geh schon hin« neben mir. Es ist Anti, die mir einen sanften Schubs gibt. Während ich laufe, sehe ich mich noch mal nach ihr um. Sie steht da und lächelt mir zu. Die Sonne schimmert auf ihrem dunklen Haar. Sie sieht irgendwie hübsch aus. Das ist mir vorher noch nie aufgefallen. Komisch. Ich nicke ihr zu und drehe mich wieder nach vorne. Ein paar Schritte noch und ich bin bei der Bank angekommen.

»Hey«, murmele ich und Luca schaut auf. Sagen tut er nichts. »Kann ich mich setzen?«

Er zuckt mit den Schultern und ich setze mich neben

ihn. Eine Weile bleiben wir stumm, jeder starrt vor sich hin.

»Tut mir leid«, sage ich schließlich. »Anti hat mir das mit eurer Oma erzählt. Wenn ich das gewusst hätte, dann ...«

Luca wirft mir einen prüfenden Blick zu, schaut aber schnell wieder auf den verdorrten Rasen. »Tja. Du hattest ja andere Dinge im Kopf.«

»Mhm. Das schon. Aber ich hätte trotzdem nicht so blöde Sachen sagen sollen.«

»Schon okay.« Wieder dreht er den Kopf zu mir und ich sehe ein leichtes Lächeln um seine Augen. Plötzlich haut er mir mit der Hand auf den Bauch und sagt: »*Stronzo!*«

Ich muss lachen und haue zurück. Wir kabbeln uns eine Weile. So lange, bis wir vor Lachen nicht mehr können.

»Aua, Alter, so fest hättest du nicht in meinen Oberarm boxen müssen«, sage ich und wische mir die Lachtränen aus den Augen.

»Klar. Weil du's verdient hast«, lacht Luca. »Kaum ein bisschen Kohle in der Tasche und ein Mädchen an der Seite, schon wirst du zum Bonzen.«

»Quatsch, Mann!« Ich reibe mir meinen Arm, der ordentlich zwiebelt. Ist morgen bestimmt blau.

»Was is’n jetzt mit dir und deiner *ragazza*?«, fragt Luca, der nun aufgehört hat zu lachen.

»Ach, nichts mehr.« Ich seufze. »Die ist zurück zu Danny.«

»Und?« Lucas Blick durchbohrt mich.

»Was und?«

»Was habt ihr … so gemacht?«

»Wie meinste denn das?« Das ist mir jetzt ein bisschen peinlich.

»Na, du weißt schon.« Er schließt die Augen und küsst laut schmatzend die Luft.

Ich seufze. »Hm, ja. Wir haben geknutscht.«

Luca haut mir auf die Schulter. »Und? Is’ super, oder?«

»Woher willst du das denn wissen? Du hast doch noch nie …«

Luca lacht laut auf. »Ha, hast du ’ne Ahnung! Nicht nur bei dir ist in der letzten Zeit viel passiert. Bei mir auch.«

Und dann erzählt Luca, dass er sich ein paar Mal mit Lilly getroffen hat, einer Freundin von Antonia. Ich weiß nicht genau, wer das ist, vermute aber, es ist eins der Mädchen, mit denen Luca die letzten Tage auf dem Hof zusammenstand. Er erzählt, dass sie sich gestern das erste Mal geküsst haben. Luca ist schwer verknallt.

»Sie kommt nachher auch noch, dann stelle ich sie dir vor.«

»Cool«, antworte ich und dann starren wir weiter vor uns hin. Obwohl alles anders ist als noch vor ein paar Monaten, fühlt es sich gleichzeitig so an, als wäre keine Zeit vergangen, als wäre alles wie früher. Und irgendwie fühle ich mich plötzlich wohl. Ich habe das Gefühl, ich gehöre hier hin. Auf diese Bank. Neben Luca. Meinen besten Freund.

Etwas später stürzen Luca und ich uns wieder ins Getümmel. Die Band spielt ganz nette Musik, das hören wir uns eine Weile an. Irgendwann entdecke ich Mom, die angeregt mit Britta diskutiert.

»Warte mal«, entschuldige ich mich bei Luca. »Bin gleich wieder da.«

Ich schlendere zu den beiden, weil ich neugierig bin, wieso sie sich wie zwei aufgescheuchte Hühner benehmen.

»Theo, da bist du ja«, begrüßt Mom mich freudig.

»Was ist denn mit euch los?«, will ich wissen. Die beiden werfen sich einen vielsagenden Blick zu und dann erklärt Mom: »Ich habe mit Herrn Kaya gesprochen und ihm von unserem Ärger mit dem Haus erzählt.«

»Ah ja? Und kann er uns helfen?«, frage ich teilnahmslos und lasse meinen Blick über die Leute schweifen. Da hinten läuft Doreen. Ob Kim auch kommt? Und was dann? Ich spüre Moms bohrenden Blick. Mir egal. Unsere Wohnsituation interessiert mich jetzt gerade nicht die Bohne.

Mom zieht Luft durch die Zähne. »Wie man's nimmt. In der Siedlung ist eine Wohnung frei. In der R3.«

Damit hat sie meine Aufmerksamkeit wieder voll und ganz auf sich gezogen. Ich schaue zwischen ihr und Britta hin und her. »Nee, oder?« Ich denke an unsere alte Bude und bekomme schlagartig miese Laune. »Geht es uns wirklich so schlecht?«

Britta lacht, als sie mein entsetztes Gesicht sieht. »Keine Sorge. Es ist eine große Wohnung mit vier Zimmern und Balkon!«

»Also, ich weiß nicht ...«, sage ich und sehe mich unsicher um. Frau Weber winkt gerade zu uns herüber und erschrickt, als Herr Kowalski ihr von hinten ein Glas Sekt über die Schulter reicht. Der entschuldigt sich lachend bei ihr und dann schunkeln beide zur Musik.

»Ist ja auch nur eine Option«, sagt Mom und Britta nickt heftig. »Aber irgendwas müssen wir ja machen.«

»Können wir nicht eine Weile irgendwo unterschlüpfen und dann zurück ins Haus, wenn alles repariert ist?«, schlage ich vor.

»Ich muss das noch mal durchrechnen«, sagt Mom und setzt eine ernste Miene auf. »Aber eins ist klar: Wenn wir das Haus wieder verkaufen würden, hätten wir zwar ganz schön Verlust gemacht, aber immerhin noch genug Geld auf dem Konto, um ein feines Leben zu haben – ganz ohne finanzielle Sorgen.«

»Das ist nicht euer Ernst, oder?«, brumme ich missmutig.

»Ach, Theo, gib's doch zu. Es ist schon schön hier!«, ruft Britta fröhlich und lässt sich von Janek zur Bühne zerren.

»Ihr macht mich echt fertig«, sage ich kopfschüttelnd zu Mom und haue ab. Zurück zu Luca. Doch der hält mittlerweile ein blondes Mädel im Arm. Das muss wohl Lilly sein. Die beiden sehen sehr beschäftigt aus, also halte ich etwas Abstand. Kurz darauf tippt mir jemand auf die Schulter. Anti.

»Na, wie fühlt es sich an, wieder hier zu sein?«, fragt sie.

»Ganz gut«, sage ich mit gemischten Gefühlen, weil ich noch ganz verwirrt bin von dem Gespräch mit Mom.

»Und mit Luca hast du dich auch wieder vertragen, oder?«

Ich nicke und Anti strahlt mich an.

»Das freut mich. Ehrlich.« Mit der Hand fährt sie sich durch ihr endlos langes Haar.

Wieder stelle ich fest, wie hübsch sie aussieht. Wieso ist mir das früher nie aufgefallen?

Luca und Lilly haben uns mittlerweile bemerkt und sich zu uns gestellt. Lilly ist nett, ich mag sie auf Anhieb und freue mich für Luca, der verdammt glücklich aussieht. So stehen wir eine Weile beisammen, bis die Band eine Schnulze anstimmt. Ich will Luca gerade in die Seite picken und mit ihm lästern, als ich sehe, dass er mit Lilly knutscht. Toll, echt. Früher hätten wir bei so einem Song die Flucht ergriffen. Also ziehe ich alleine ab. »Ich hol mir mal einen Drink«, sage ich zu Anti.

»Kann ich mitkommen?«, fragt sie.

»Ja, klar!«

Wir gehen gemeinsam los und holen uns zwei Cola. Damit setzen wir uns auf die Wiese, weil die Band eine weitere Schnulze spielt. Ist ja nicht auszuhalten. Ich starre vor mich hin und denke nach. Merkwürdige Zeiten sind das.

»Ich wollte dir neulich noch was sagen«, durchbricht Anti nach einer Weile das Schweigen.

»Ja?« Ich schaue sie neugierig an.

»Na, also, das mit Kim tut mir wirklich leid.« Mit dem Fuß malt sie Kreise in die Erde.

»Danke. Ja, das ging leider voll daneben«, antworte ich und will schon wieder ins Nachdenken verfallen.

»Hm«, macht sie und ich blicke wieder auf. Sie schaut mich ganz merkwürdig an. »Und ich wollte dir sagen, dass wir ja auch mal was zusammen unternehmen könnten. Jetzt, wo Luca und Lilly ... Also ..., die haben ja beide jetzt nicht mehr so viel Zeit für uns.«

Ich nicke. Das stimmt wohl. Zwar habe ich meinen besten Freund gerade wiedergewonnen, aber irgendwie auch ein Stück an Lilly verloren.

Anti lässt den Kopf hängen.

»He, Anti, was ist denn los?«

Sie sagt nichts, sieht mich nur mit den traurigsten Augen der Welt an.

»Habe ich was Falsches gesagt?«, frage ich nun und tätschele ihren Rücken.

Sie seufzt. »Na ja, zumindest könntest du mal damit aufhören, mich *Anti* zu nennen.«

»Oh ja, klar. Kein Problem. Sorry, wusste nicht, dass … Na ja, also tut mir leid.«

»Okay«, sagt sie nun. Und dann schweigen wir wieder. Irgendwann lehnt sich Antonia an mich und ich lasse sie, denn ich bin damit beschäftigt, das Treiben zu beobachten. Britta, die fröhlich René begrüßt, der gerade angekommen ist. Mom, die lachend mit Swetlana zusammensteht und wahnsinnig hübsch aussieht. Ich betrachte die R3 und frage mich, welche der Wohnungen wohl frei ist. Die im 2. Stock sieht so unbewohnt aus, oder? Vier Zimmer. Nicht schlecht. Und die Lage ist auch besser als die alte Wohnung. Hm.

Luca und Lilly winken uns gerade zu. Hat Luca mir eben zugezwinkert? Am anderen Ende des Hofes entdecke ich Kim, die mit Danny im Arm doch noch aufgetaucht ist. Sie sieht mich auch, kneift kurz die Augen zusammen, grinst dann und winkt. Ich nicke nur lässig mit dem Kopf und spüre, wie Antonia mir sanft den Kopf auf die Schulter legt. Erstaunt sehe ich sie an. Sie lächelt und irgendwie ... ja, irgendwie fühle ich mich gut. Hier. Mit ihr. Mit allem.

Autorin: Stephanie Polák

Stephanie Polák wurde 1974 in Berlin geboren, wo sie noch heute mit ihrer Familie lebt. Anstatt wie geplant Pädagogin zu werden, entschied sie sich für laute Musik und launische Popstars und arbeitete als Redakteurin bei MTV. Ein paar Jahre später tauschte sie Flimmerkiste gegen Traumfabrik und wirkte im Studio Babelsberg an internationalen Kinofilmen mit. Seit 2010 ist sie freie Autorin.

Quellennachweis:

„Ein großer Teich war zugefroren“ (S. 72) aus:
Goethe‘s Werke, vollständige Ausgabe letzter Band, Dritter Band, Stuttgart und Tübingen, in der F. G. Cotta‘schen Buchhandlung, 1827

Mit Science-Fiction Glossar: erklärt die wichtigsten Begriffe und Filmzitate für SF-Einsteiger

ab 12 Jahren

»Das ist so wie Yps zum Lesen ... oder besser noch die Big Bang Theory für Clone Wars-Kids. Top-Tip für Weihnachten, wenn ein Nerd-Kid beschenkt werden soll!!!!«
Otherland

Frank Schlender

Max und die Sache mit der Raumzeit-Faltungsinversion

Die Science-Fiction-Nerds Max, Willi und Ben entdecken in der verfallenen Villa plötzlich Licht. Eine seltsame, ältere Frau ist mit ihrer Tochter Penelope scheinbar über Nacht eingezogen. Penelope, eine auffällige Erscheinung mit platinblonden Haaren, weckt in Max ganz neue Gefühle. Doch dann entdecken die Jungs, dass das Mädchen dreieckige Haare mit Seriennummern hat! Das ruft die „SF-Experten" auf den Plan: Sind Penelope und ihre Mutter Roboter? Mit Spy-Mobilen und Überwachungskameras versuchen die Jungs herauszufinden, was in der alten Villa vor sich geht und geraten immer tiefer in eine Welt, die sie sonst nur aus ihren SF-Büchern kennen.

304 Seiten, gebunden
148 x 205 mm
ISBN 978-3-943086-16-4

Malu und Papilopulus – das Abenteuer ihres Lebens!

ab 11 Jahren

»Pferde-Schmöker mit Suchtfaktor!«
Volksstimme Magdeburg

»gelungene Mischung aus Spannung, Tierliebe, Freundschaft und ein bisschen Verliebtheit«
ekz-Bibliotheksservice

Ina Krabbe

Funkelsee – Flucht auf die Pferdeinsel

Das Wichtigste für die 13-jährige Malu ist das alte Rennpferd Papilopulus, einsames Überbleibsel des maroden Gestüts Funkelfeld. Doch als die Besitzerin Sybill von Funkelfeld stirbt, muss Malu hilflos mit ansehen, wie ihre Enkelin Lenka das Pferd misshandelt. Malu bleibt nur eins: Um Papilopulus zu retten, muss sie den mysteriösen Schatz vom Funkelsee finden. Aber gibt es den überhaupt? Und wer ist der merkwürdige Junge, der nachts ums Schloss schleicht? Malu kommt einer Verschwörung auf die Spur, die nicht nur ihr eigenes Leben für immer verändern wird ...

256 Seiten, 148 x 210 mm,
gebunden, 14,90 €
ISBN 978-3-943086-36-2